U0110091

崇禎王朝

魯文龍◎著

（3D劇場版）

戲劇的美要以文學、人類身體藝術、三度空間
視覺藝術等三個基本形式來呈現。

# 自序

　　本劇以歷史人物，事件，故事，傳說，虛擬人物及情節做為劇本建構元素，袁崇煥和李自成二人為情節（plot）發展主軸，崇禎皇帝一生的奮鬥做為戲劇進行的動作（action）。因此這一部戲與正確的歷史是絕對有距離的！這個距離的拿捏也決定這一部戲的美感。我個人認為明朝的歷史特別有美感，因為十七世紀的生活距離我們很遠但又不及漢唐那麼遠，所以，就年代而言，明朝的歷史對我而言有一股朦朧的美感。十七世紀也是歐洲進入啟蒙（Enlightenment）時代的開始，各項自然科學的發現與研究開始啟動，當十七世紀的西方遇見東方，這個美感也是令我所著迷的。

　　戲劇的美要透過以文學，人類身體藝術，三度空間視覺藝術等三個基本形式來呈現。簡而言之，劇作家創作了一個以文學形式誕生的軀體，導演、演員、視覺藝術家要賦予這個軀體一個靈魂。基於以上的理念，我省略了人物介紹（character），及佈景說明（setting）在每一個景（scene）開始的首頁，這部分是屬於導演，和視覺藝術家的創作空間。

2007 年 8 月 6 日

## 第一景　御書房

背景音效：太監打鑼報更的聲音。

背景旁白：打更太監：夜深人靜，小心老鼠！

（燈漸亮）

背景旁白：西元一六二七年八月的一個深夜，大明王朝開國第十五
　　　　　任君主天啟因為臥病半年不起，有感於來日不多，於是
　　　　　下旨詔見其五弟信王朱由檢入宮觀見。

（崇禎獨自一人上，在御書房門外被魏忠賢攔住）。

魏忠賢：等一下，信王，這宮裡的規矩，您知道嗎？（語畢四名錦
　　　　衣衛準備上前拿下崇禎）。孫兒們，不得對信王無禮！

崇　禎：魏公公，恕本王有所不知，本王很久沒進宮了，自從皇兄
　　　　登基後，這還是第一次，還請公公指教（小太監 A 上前
　　　　與崇禎交耳），魏公公，本王今天匆匆出門，身上沒有帶
　　　　銀票，明日一早一定差人給公公送過去。

魏忠賢：信王，這從成祖時候傳下來的規矩，希望信王不要見外。

崇　禎：哪裡哪裡，魏公公太客氣了，還有勞魏公公替本王向皇兄
　　　　通報了。

魏忠賢：信王客氣了，老奴這就去給皇上通報（向小太監 B 使了
　　　　一個臉色）。

小太監 B：信王，朱由檢觀見！

魏忠賢：皇上，皇上，信王來看您來了。

天　啟（沒有力氣）：宣！！

崇　禎：臣，信王朱由檢叩見皇上。

天　啟：起來！

崇　禎：謝皇上！

天　啟：皇后每天都在說著你呢！

崇　禎：臣蒙受皇恩，甚感惶恐！

天　啟：都是自家兄弟不要客氣！

崇　禎：皇上龍體保重！

天　啟：朕近來氣血不順，甚久未操木工（手指著尚未完成的木工作品）。

魏忠賢：（手捧著這付木工作品）信王，您瞧這是天子手工。無價之寶呀！

崇　禎：皇上的天子神工絕非街坊凡夫俗子匠人可比之。天子乃真龍化身，真龍下凡到人間做的木工。而臣有幸親眼目賭，真是皇恩浩蕩呀！

天　啟：（開心的笑了）好！朕很想知道它的市場價值？

魏忠賢：皇上，天子手工怎能和市井流通的商品做比較。帝王之尊是神聖不可侵犯的。誰要是敢出價買皇上的手工。那就是欺君犯上。按大明律令理當拿下凌遲處死誅滅九族！

天　啟：甚得朕心，朕心甚慰！

崇　禎：不但要滅九族！相干人等者一律問斬！

天　啟：忠賢，信王您們都是好樣的！朕心甚慰，朕今天真是高興阿！

崇　禎：臣為皇上盡忠萬死不辭！

魏忠賢：那些做買賣的，求的只不過是做點木工賺點碎銀錢糊口吃飯。根本談不上做工。只是一些實用的傢伙罷了。天子神

下凡人間。我說信王阿，咱們前世是有修德換得今生有幸親眼目睹真龍本尊之作！

崇　禎：上回皇上御賜給臣親手做的椅子，臣到現在還只是只敢仰視而不敢上座阿，深怕對這真龍本尊之作有所冒犯。

天　啟：椅子，朕的位子？

魏忠賢：（大哭）皇上阿，奴才有罪，奴才有罪，奴才該死阿……

崇　禎：臣有罪，滿朝文武盡無醫藥之能才。

天　啟：朕知天命。忠賢，你先下去。

魏忠賢：奴才遵命！（魏忠賢下）

崇　禎：（惶恐）魏公公慢走。

天　啟：由檢，好久沒有這樣說話了，不要拘君臣之禮。

崇　禎：皇上，祖宗家法，君是君，臣是臣，臣惶恐！

天　啟：由檢，記得小的時候咱們倆個一起玩。你總是讓著朕。這一回皇兄可要讓你了。

崇　禎：皇上，要保重阿。

天　啟：由檢，希望你能成為像堯舜一樣的明君！

崇　禎：皇上，保重龍體。臣要遍尋天下名醫為皇上治病。

天　啟：（微笑）好兄弟！朕說過登基後不會忘了你。

崇　禎：皇上安心養病。

天　啟：朕累了，你先下去吧！


（背景旁白：信王回府！）

（燈漸暗）

## 第二景　魏忠賢府內閣黨總部

（燈漸亮）

（一群俊美的小太監，有的在演奏古典樂曲，有的扮成女裝隨音樂起舞。魏忠賢和閣黨要員躺在長榻上吃水果看表演。突然魏忠賢喊停）

**魏忠賢**（身著黃袍）：行了！全都下去！朕不想聽了，也不想看了，全給朕下去！

**小太監們**：奴才遵命，皇上晚安！

**王體乾**：他娘的！咱們就只能在這裡稱皇帝！乾脆把他朱由校那個草包給剮了！

**李朝欽／王朝輔／徐應元**（異口同聲）：對！把他給剮了，咱擁立魏公公做皇上！

**崔程秀**：公公們且慢！

**王體乾**：他娘的！老崔，你是兵部尚書，你怕什麼！

**李朝欽**：加東西廠錦衣衛，朱由校的乳母客氏，外廷五虎五彪十狗十孩兒四十孫，內閣，六部九傾，朝廷裡裡外外，咱有這個實力。

**徐應元**：信王目前還按兵不動。朱家分封在外的藩王們目前也在做壁上觀。

**王朝輔**：燕王就在直隸，隨時可以進京。福王聚斂天下金銀，襄王以漕運發達富可敵國。這二人虎視耽耽，咱們不可以不防。

**魏忠賢**（喝一口茶）：咱們可以隨時讓他朱由校死。他信王，燕王，福王，襄王也可以比照辦理。重點是天下人心。東林黨表面上被我們消滅了。他們不在朝中隱於鄉野。我們一把火

也燒不盡，老百姓他不管誰做皇帝只要管飯吃。這最難搞的是這幫讀書人。這幫讀書人為了孔孟所講的王道什麼都可以豁出去。（對徐應元）那像你幾兩銀子就給打發了。

徐應元：誰叫咱們是太監！太監就是要錢！有錢才有尊嚴！不進宮怎麼賺大錢！

王體乾：他娘的！俺就不信這些書呆子真不怕死！刀架在脖子上了！看你不給爺爺求饒！

魏忠賢（喝一口茶）：你不信！當初成祖朱棣進南京的時候，曾經差人叫建文的翰林侍講方孝孺為他撰登基詔書。唉呀！誅十族那老傢伙都拒絕呀！

眾　人：好傢伙！

王體乾：他娘的！這老王八旦骨頭夠硬！

崔程秀：讀書人胸中都有一股正氣。正所謂文天祥有云：天地有正氣，雜然賦流形，下則為河嶽，上則為日星，於人曰浩然，沛乎塞蒼冥。

王體乾：他娘的！咱們把老崔給忘了！你這個兵部尚書也是個書呆子！

崔程秀：王公公，崔某是讀書人，但請王公公不要拐彎罵人！身為讀書人讀聖賢書是沒有什麼可恥的。

王體乾：他娘的！俺懷疑你他媽的姓崔的和東林黨還有什麼聯繫，那楊漣，魏大中，左光斗那幫人被嚴刑逼問的時候，還什麼都不招，到死還稱自己是讀書人。他娘的！讀書人有什麼好嘴硬的，都見閻王了還屌個什麼勁！

崔程秀：士可殺不可辱！為君死是盡忠，為天下百姓死是成德。各位公公，崔某跟東林黨人素無淵源，只不過是景仰他們身為讀書人的氣節而已。

魏忠賢：好拉！現在不是鬧內閧的時候。沒錯咱們太監是沒有屌的男人。咱們也沒啥學問。但是咱們懂得如何討主子的歡心，取得主子的信任。咱們壓根就不喜歡讀書人，也不喜歡除了太監以外的任何人。但是，記住一點，因為咱們不屌，所以咱們可以跟任何人，黨派合作。任何想要榮華富貴的人都是我們的同路人。崔大人，承蒙您看得起我魏忠賢，願意和咱們一起共享榮華富貴。他就是咱們的同路人。（面向崔程秀）崔大人，希望您不要跟奴才們一般見識！

崔程秀：九千歲不要誤會！崔某絕沒有這個意思。

魏忠賢：沒有最好！其實他楊漣與我何干呀？他要我從此不在皇上眼皮子底下出現。這樣皇上就會聽他的，他東林黨的治國理念才能得以實行。我說呀，你東林黨有治國方法的很好。可是？我魏忠賢礙著你了嗎？為什麼？你們非得要我死（哭泣）我只不過是皇上跟前的一位忠心的老奴才。礙著你了嗎？（哭泣）。

崔程秀：崔某了解九千歲對皇上的一片忠心。失言之處望九千歲海量包涵。

魏忠賢：崔大人眼下不是鬧內閧的時候，眼下之計是如何確保我們的榮華富貴。

崔程秀：九千歲說的既是。

李朝欽：聽說皇上今天召信王進宮面聖。

徐應元：魏公公，皇上跟信王都說了些什麼？

眾　人：對呀，魏公公，皇上都說了些什麼？

魏忠賢：我沒聽到，朱由校迴避了我。

王體乾：他娘的！這個時候想起親兄弟了！快見閻王就想起弟弟了。

6

徐應元：人家有弟弟當然會捨不得了！

王體乾：他娘的！老子連他弟弟一起剁！

崔程秀：不可！

李朝欽：這是造反呀！

魏忠賢：誰說要造反的！今天找各位來是來觀察情勢的，不是來商量造反的！

崔程秀：這會給那些手上有兵權分封在外的邊鎮大將機會。

魏忠賢：東林黨也會趁勢再起。那些內閣大臣們表面和我們唱和，出這檔事後他們會靠那一邊很難說？

李朝欽：分封在各地的藩王們也會和朝野的東林黨人串聯。

崔程秀：就算造反也要師出有名。當年成祖朱棣南下打南京就是打著清君側靖君難的旗號。目標是要打倒主張削藩的大臣齊泰，黃子澄。檄文上並沒說要誅建文。

王體乾：他娘的！

崔程秀：找不到建文，天下人就沒有口實！

王體乾：所以他娘的！先剁了朱由校這個草包，再一把火滅屍。

徐應元：王公公，那是脫褲子放屁！南京的皇宮都給燒了。建文是金子做的，真金不怕火鍊？您不愧是幹東廠太監出身的，夠狠！

王體乾：當年我在東廠……

魏忠賢：夠了！王體乾，你以為朱由校是一條狗，殺了他連個屁都沒一聲！

王朝輔：到現在還有人在找建文，建文必竟是朱家人。當年太祖朱元璋遺詔傳位的正統呀！

王體乾：他娘的！那朱棣是正統？俺倒要看看是老子的拳頭硬還是你朱由校的骨頭硬！

魏忠賢：夠了！王體乾，你那一套只能在鄉下做土匪強盜！這是大明王朝不是山東的梁山泊！

崔程秀：朱棣他是皇四子，論輩份是建文的皇叔，也是皇室正統，天下人沒有理由不支持。

徐應元：那我們是？

崔程秀：名不正則言不順，君者順民心而應天意！

魏忠賢：大夥還有其它的辦法嗎？

李朝欽：曹操挾天子令諸侯，或許咱可以另立幼主。

王朝輔：天啟無後，恐怕很難？再者皇后張氏對我們的所做所為知之甚鑿。咱們早就不為她所容了！

徐應元：魏公公，這是上一次信王欠您的御書房面聖費（從袖口中拿出二百兩銀票遞給魏忠賢），其實魏公公對信王大可放心。信王不是什麼長心眼的人。這一點小的可以拍胸脯保證。小的在信王府二十年從不見信王關心過朝政，也沒見他跟朝中大臣來往過。沒事就是陪老婆孩子泡茶讀書，真看不出他有什麼大本事。如果魏公公真要搞定信王，小的也會義不容辭的大義滅親的。再怎麼說咱太監才是自家人。

魏忠賢：好孩兒，總算爹爹沒有白疼你！

王體乾：他娘的！徐應元好樣的！

（突然有一個小太監衝進來）

小太監：稟報魏公公，不好了，皇上盜汗不止！還要召信王進宮觀見！

魏忠賢：你們都下去吧！

眾太監：小的們告辭了。（眾太監退）

崔程秀：老李呀！（註：魏忠賢本姓李，進宮後改姓魏）咱還是走
　　　　一步算一吧！

魏忠賢：大風大浪我魏忠賢見多了。沒事的！咱太監別的本事沒
　　　　有，聞主子身上的氣味知道他是個什麼味這本事有。這會
　　　　兒不過是老狗換了個新主人。


（燈漸暗）


# 第三景　乾清宮


（燈漸亮）
（天啟安靜的病臥在床，太監們交頭接耳）。


魏忠賢（匆忙進入，詢問太醫）：皇上還在出汗。

太醫A：陽氣已散，氣血已敗。

太醫B：五臟功能俱失，六腑形之已衰，藥石無罔。

魏忠賢：可否言語？

太醫A：一息尚存。恐怕？

太醫C：（跪下）九千歲一定要饒小人們一命，小人們已經盡力了。

太醫A／B：是呀，饒我們一條老命吧！

魏忠賢：剛好本公公今天心情好不想殺人，先下吧！

太醫A／B／C：多謝九千歲不殺之恩！多謝九千歲不殺之恩！（三
　　　　　個太醫退）。

魏忠賢：（在一旁對眾太監說）今晚可能有變。

王體乾：大內錦衣衛已經準備好了，就等魏公公下命令。

李朝欽：這信王？

王體乾：當然是（比殺頭的手勢）

魏忠賢：（點頭同意）好！

魏忠賢（靠近天啟）：皇上……

天　啟：信王來了嗎？朕不是召信王嗎？

魏忠賢：信王馬上到。

天　啟：好！忠賢，扶朕起來！

魏忠賢：奴才遵命！

天　啟：忠賢，這些日子有很多心事。

魏忠賢：皇上，奴才無能，奴才該死，讓皇上受累了。

天　啟（示意其它太監退下）：忠賢，冥府是個什麼樣子，你去過嗎？

魏忠賢：皇上不要怕，老奴先給皇上走一趟再托夢給皇上。以前，咱們去打獵，老奴總是走在前面。有妖有獸老奴先給皇上擋著！

天　啟：朕昨晚做了一個夢，夢見朕的那些祖宗們。他們每一個人的寢宮都很大，比朕現在住的乾清宮還要大。御林軍，宮女比朕現在可以使喚的還要多。數不完的金飾，銀器，珍珠，瓷碗，還有龜頭人身，人頭馬 50 年份，半身美女半身鯉魚，牛頭馬面的野獸。看來在冥府當皇帝還不錯！

魏忠賢：（自言自語）噯呀！我說這會兒皇上可能不行了，都見了牛頭馬面了（哭泣，衝出寢宮，搶了寢宮外錦衣衛的配刀，再持刀衝入寢宮內，錦衣衛，崇禎，徐應元追入）皇上，老奴先去給皇上探路了！（做勢自殘，見崇禎突然停止）

崇　禎：魏公公且慢！（錦衣衛上前拉住魏忠賢）

10

魏忠賢：（坐在地上哭泣），皇上阿，老奴無能，罪該萬死！老奴無能，罪該萬死！

崇　禎：魏公公對朝廷的一片忠心，真是不辱皇上賜名「忠賢」二字。真令本王欽佩！

魏忠賢：多謝信王在皇上面前美言老奴了！老奴有愧了！

崇　禎（拉起魏忠賢）：魏公公，快請起！爾後有勞魏公公的事還多著呢！

天　啟：由檢，你終於給朕盼來了。快過來說話，不必多禮！

崇　禎：（跪在天啟床前）是，皇上！

天　啟：皇后對你的人品和學問都很推崇。這一點爾後，由檢，你要謹記在心。


（小太監 A 傳了一份奏折給魏忠賢，魏忠賢看了一下）


魏忠賢：皇上，這一份是內閣彈劾遼東巡撫袁崇煥的奏報。

天　啟：忠賢，你用心去辦行了。

崇　禎：這個袁崇煥所犯何罪？為何內閣大臣們都要彈劾他？

魏忠賢：信王，您有所不知，這個袁崇煥丈持這寧遠大捷的功勞。氣勢跋扈又私自與滿州韃子皇太極議和，錦州被圍援救不力。奴才更懷疑這袁崇煥與朝野東林黨人暗有通來往。袁崇煥是萬曆四十六年的進士，同科之中東林黨人眾多。

崇　禎：魏公公，本王只是好奇為什麼在京的內閣大臣們要彈劾一個遠在遼東的小小巡撫。本王與那袁崇煥素昧平生，希望魏公公不要誤會。

魏忠賢：信王，按祖宗的規矩，藩王是不能過問朝政的。朝廷內有內閣大學士外有六部尚書九卿們共同輔佐皇上處理朝

11

政，所有上給皇上的折子必須先經由老奴內宮司禮太監確認後再呈給皇上，皇上批閱過折子後會再由老奴回覆各大臣皇上的批示。信王，關於祖宗的規矩，您不會不明白吧（狠狠的瞪了崇禎一眼）？

崇　禎：魏忠賢！你不要本王敬你一尺，你要一丈。祖宗是我朱家的祖宗，不是你魏忠賢的！

天　啟：由檢，你不要責怪忠賢。

崇　禎：皇上，廠臣之言未必全然可信，陣前換將並非明智之舉。

天　啟：這奴才雖然文不及內閣大臣武不及總兵參將，但是他對朕絕無二心的！

魏忠賢：皇上，不管是內閣大臣還是公侯伯爵，只要是違反祖制對上不敬。輕者當下廷擊，重者東廠拿下查辦。

崇　禎：皇上聖明，皇上聖明，軍國大事不可不三思而後行！皇上……

魏忠賢：（哭訴）皇上，我只是一個您跟前忠心的老奴才阿，奴才不懂什麼軍國大事只知道不要讓這些東林小人誤我大明阿！

天　啟：（斷氣中）由檢，忠賢說的對，東林黨人曾經誣陷康太妃，你要聽忠賢的話……重用忠賢……敬待皇后中宮……。一定要重用忠賢……忠賢，彈劾袁崇煥一案准奏！！

魏忠賢：（哭訴）皇上，老奴這就去給您辦事！

天　啟：好奴才，好奴才！（天啟斷氣）

眾　人：皇上！！


（小太監 B 上）

小太監 B：魏公公不好了。徐應元帶著張皇后還有一幫大臣朝乾清
　　　　　宮過來了。

魏忠賢（面向眾太監）：這怎麼一回事？徐應元，你他娘的王八旦！
　　　　　吃裏扒外的東西，你出賣爺爺我，你會遭報應的！

崇　禎：（看了身邊的徐應元一眼點頭表示做的好）

徐應元：魏公公，這件事和小人無關阿！


（背景旁白：皇后駕到，皇后，宮女，黃立極，施鳳來上）


施鳳來：皇后，還是請首輔，黃大人來宣讀皇上遺召吧！

張皇后：黃立極，本宮命你現在宣讀皇上遺召！

黃立極：信王朱由檢聽旨。

崇　禎：信王朱由檢接旨。

黃立極：奉天承運，皇帝詔曰：信王由檢，聰明夙著，仁孝性成，
　　　　　對上忠心可昭，對下仁義友愛，遵奉祖訓，兄終弟及，入
　　　　　繼大統。

眾人跪下：吾皇萬歲萬歲萬萬歲！


（燈暗，背景旁白——魏忠賢：完了，一切都完了！）


背景旁白：西元一六二七年八月白天，明朝開國後第十五位皇帝，
　　　　　熹宗恁皇帝朱由校駕崩，由其五弟信王繼任明朝第十六
　　　　　任帝王，年號崇禎。

## 第四景　文華殿

（燈漸亮）

（眾大臣在崇禎上朝前議論紛紛）

黃立極：今日皇上單獨在文華殿召見我們恐怕要議重組內閣之事。

崔程秀：咱們現在恐怕要成在野黨了。

魏良卿：大不了咱和咱大伯一起回老家。

施鳳來：新朝成立內閣重組是難免的事。

顧秉謙：一時半會兒恐怕沒那麼容易。

黃立極：老夫很擔心皇上會有了新人忘了舊人。

張瑞圖：日出月升，陰陽兩極。先皇龍馭歸天，新皇登基立位，春夏秋冬循環往來是也！

魏良卿：張老朽，你在說什麼人聽不懂的話？

張瑞圖：咱們都是與九千歲氣味相同而結為一黨。看來這個黨的氣數已盡。

顧秉謙：黃大人為內閣首輔，我想崇禎還是會重用黃大人的！必竟崇禎只是一個十八歲的小伙子缺乏治理朝政的經驗。

黃立極：艾有，顧大人客氣了。

魏良卿：諸位老朽，那誰升呢？難道他東林黨？不要長他人志氣好嗎？

黃立極：崇禎飽讀詩書，對東林黨人的氣節一直很敬仰。

崔程秀：徐應元這個吃裏扒外的東西，張皇后那裡肯定是他在幫崇禎串聯的。

顧秉謙：內宮太監那一個不是看風向，見風使舵。

魏良卿：讓我逮到機會，我非得再閹了這個傢伙一次！

施鳳來：良卿伯小心你自己吧！前朝有獲罪官員被罷為中人。

張瑞圖：淨身可以清心寡欲，又可以為皇室服務有什麼不好！你不幹！現在很多士大夫讀書人還搶著自宮呢！士農工商，我看宦為百業之首。宦士農工商才對，隨聖上在侍才有出人頭地的機會。在我朝這是一個熱門的職業阿！

魏良卿：要淨，張瑞圖，你這個老王八旦先淨！


（背景旁白：皇上駕到，崇禎，王承恩，徐應元，馬六，曹化淳，杜秩之，杜勳上）


眾　臣：吾皇萬歲萬歲萬萬歲！

崇　禎：眾卿平身！今日早朝是朕登基後第一次在文華殿召見各位內閣大臣。朕想說的是如今滿州韃子番首奴爾哈赤剛死，他的繼任者皇太極還是不放棄侵略我遼東的野心。先帝任命的遼東經略高第，還未與皇太極接戰就放棄關外城池一路往關內撤。關於此事你們有什麼意見？是誰向先帝奏請高第任遼東經略的？崔程秀你是兵部尚書是你嗎？

崔程秀：啟稟皇上，這是所有內閣大臣們的集體決議並非臣一人之見？

崇　禎：好一個英明睿智的內閣！那現在皇太極在遼東再度擾民，你們倒是給朕出個主意吧！你們當中有沒有人自願去遼東督師抵抗滿州韃子以解朕憂的？


（眾人低頭沉默）


15

施鳳來：啟稟皇上，前不久被罷的遼東巡撫袁崇煥是一個可以考慮的人選。

崇　禎：朕聽過這個袁崇煥（沉思了一下），施大人繼續說。

施鳳來：武官不怕死，文官不要錢。他袁崇煥是萬歷年進士，又熟讀兵書。與那奴爾哈赤韃子兵接戰毫無懼色。所以，這個袁崇煥可以說是文武雙全為官正直的將才。這寧遠大捷是我軍與韃子接戰以來首次大規模的勝利，那番首奴爾哈赤也被他的紅夷大砲所傷，傷重而死。

崇　禎：施大人，那袁崇煥現在身在何處？

施鳳來：袁崇煥原籍廣東，於朝中罷官後回廣東東莞省親。

崇　禎：看來打韃子非用蠻子不可。施鳳來，擬旨命袁崇煥官復原職仍為都察院右僉都御史即刻到京赴任。朕還要在平台召見他。

崔程秀：啟秉皇上，彈劾袁崇煥一案是內宮司禮太監魏公公准奏先皇要辦的，如今要馬上又要另下聖旨重用袁崇煥恐怕會讓內閣六部有所議論。

崇　禎：講到魏忠賢（示意徐應元），崔程秀，這是一份海鹽貢生錢嘉徵彈劾魏忠賢的十大罪狀，你拿去看看。

徐應元：（走下丹墀）崔大人，請閱！

崔程秀：（昏倒後站起）錢嘉徵奏報中所列的每一條按大明律令皆可問斬阿！

（王承恩走向崇禎龍椅交耳，崇禎看了崔程秀一眼心生恐懼，王承恩則頻頻點頭示意）

崇　禎：崔程秀，朕看你堂堂一個一品兵部尚書卻不知知人善用，為了一己私利結黨謀私濫用職權一再延誤遼東戰局。來人呀！先將崔程秀押入刑部大牢候審。

崔程秀：皇上，老臣冤枉阿！老臣冤枉阿！皇上要明辨孰是忠，孰是奸阿！（被侍衛拖出）。

崇　禎：（全身發抖害怕）退朝！

（燈漸暗）


# 第五景　御書房

（燈漸亮）


周皇后：皇上，自從您登基後日夜辛勞，要不歇息一下臣妾給您鬆鬆筋骨。

徐應元：皇上，皇后說的對，您日夜辛勞的閱折子，批折子也該保養龍體才能使後宮幸福呀！

崇　禎：（狠狠看了徐應元一眼）徐應元，朕的後宮嬪妃幸不幸福干你一個奴才什麼事呀？

徐應元：（急忙跪下）皇上饒命，皇上饒命，奴才早上吃錯藥才會晃神失智胡言亂語，皇上饒命呀！

周皇后：皇上，徐公公跟了你這麼久，他這麼說也是希望你保重龍體寵幸後宮。你那知道我們這些婦道人家的辛苦呀！（哭訴）

崇　禎：好啦！念在你護主登基有功，皇后又為你求情，朕就饒了你。

徐應元：謝皇上不降罪奴才，奴才以後不會再胡言亂語了。

周皇后：快起來吧！徐公公。

崇　禎：你們要知道，朕不是有意冷落後宮而是朕的皇兄忱溺女色
　　　　淫亂後宮才誤了朝政。朕要以此為鑑比大臣們更勤勞處理
　　　　朝政，更嚴格要求自己才能端正風氣。


（門外小太監與王承恩交耳，王出門與魏忠賢交易，王比了一個
五字）


魏忠賢：王承恩你不要破壞行情好不好，老奴當司禮太監的時候，
　　　　御書房面聖的收費標準是二百兩銀子，現在做孩兒輩的你
　　　　起來了要收五百兩，這也太黑了吧！

王承恩：我說魏公公這五百兩對您來說只是九牛一毛阿，您做了整
　　　　整七年的司禮太監，這御書房面聖費最起碼也收了好幾萬
　　　　兩銀子，區區五百兩何足掛齒呢？

魏忠賢：王承恩，老奴現在身上沒有帶銀票！

王承恩：行，魏公公，晚輩等一下會差人到您府上去收。你要是不
　　　　給，有的你好看！（給小太監使了一個臉色）

小太監：御馬監太監魏公公求見！

周皇后：這個老太監，這麼晚了還來搞什麼亂！皇上，你可千萬要
　　　　小心呀！不要上了這個老狐狸的當！

崇　禎：皇后，你安心下去吧！朕自有對策！

周皇后：臣妾遵命！（周皇后與宮女退，魏忠賢上）

魏忠賢：（跪下哭訴）皇上，皇上一定要為老奴主持公道阿！

崇　禎：魏公公起來說話！

魏忠賢：謝皇上！

徐應元：（扶起魏忠賢，但是魏忠賢狠狠的瞪了徐應元一眼）魏公
　　　　公，放心吧！皇上一向對咱們內宮太監們特別關照！

魏忠賢：徐公公說的對呀！皇上一定會為老奴主持公道的！

崇　禎：魏忠賢，有什麼朕需要幫你的直說無妨。

魏忠賢：皇上，老奴，聽說有一個貢生參奏老奴說老奴有什麼十大
　　　　罪狀。冤枉阿！老奴只是先皇跟前忠心耿耿的老奴才，那
　　　　會做什麼貪贓枉法的事阿！所有的朝政都是老奴遵照聖
　　　　意去辦的，那些參奏老奴的人一定是嫉妒老奴蒙受皇恩，
　　　　而他們自己又不得志。皇上您想想如果他們說的都是對
　　　　的，那是老奴聽錯了還是先皇說錯了嗎？

崇　禎：徐應元，把海鹽貢生錢嘉徵彈劾魏忠賢的折子給魏公公
　　　　看看！

魏忠賢：皇上，老奴老眼昏花……

崇　禎：徐應元給魏公公傳上西洋放大鏡。

魏忠賢：（苦笑）啟秉皇上，老奴書讀不多恐怕……

崇　禎：不識字！（走下丹墀轉圈苦思，然後對觀眾獨白）這個老
　　　　王八旦這樣也配差我一千歲？

魏忠賢：（納悶）皇上？

崇　禎：徐應元唸給魏公公聽！

徐應元：奴才遵命！天子門生錢嘉徵參奏內宮司禮太監十大罪
　　　　狀。一、與帝並列廟堂。二、藐視先后先妃。三、不敬朱
　　　　家祖宗。四、自行內操練兵。五、自行削藩削爵。六、自
　　　　行賣官封爵。七、目中無孔孟聖人。八、掩蓋邊將戰功。
　　　　九、建生祠傷民財。十、糾眾節黨謀私。叩請我皇聖上明
　　　　查上述事實以正天下士子人心！

崇　禎：魏忠賢，你都聽到了吧！

魏忠賢：（全身發抖）奴才聽到了！

崇　禎：魏忠賢，你伺候先皇多年。這功勞朕不得不放在心上。這些年來你也辛苦了。朕記得第一次在宮中見到你的時候，你與先皇在玩蹴鞠。當時的你英俊挺拔琴棋書畫無所不能。這些年來你為我這千瘡百孔的大明朝辛苦了。瞧你現在滿頭白髮滿臉皺紋，辛苦你了魏忠賢！

魏忠賢：（哭訴），老奴叩謝皇上體察奴才多年辛勞！老奴叩謝皇上體察奴才多年辛勞！

徐應元：（哭訴），哪一個太監不是滿腹辛酸阿。魏公公當年拋家棄子不顧一切進宮就是要報效我大明聖上阿！

崇　禎：喔是這樣阿！魏忠賢朕看你也老了，你先去鳳陽祖陵進香吧！先不要管錢嘉徵的折子，朕自有明斷！你御馬監太監的差先由馬六來當吧！

魏忠賢：（哭訴），謝皇上，奴才這就啟程（魏忠賢下）。

崇　禎：徐應元，這閹黨除了魏忠賢，崔程秀為首謀外還有誰呢？

徐應元：啟秉皇上，內閣六部有黃立極，顧秉謙，張瑞圖，宇文化及，李斯，秦檜，賈似道，和珅。王公貴族有魏良卿，侯國興，客夫人，曹操，董卓，楊廣，王莽，鰲拜。內廷太監有王體乾，李朝欽，王朝輔，黃皓，趙高，高力士，劉瑾，王振，李蓮英。

崇　禎：喔是這樣阿！徐應元，你漏掉了一個人。

徐應元：喔，是還有一個國子監生陸萬齡，這傢伙上書朝廷請以魏忠賢配祀孔子。

崇　禎：不是！王承恩你告訴他。

王承恩：我說徐公公你在天啟七年八月十五子時去了魏忠賢的府第做了些什麼？

20

徐應元：王公公，皇上特命奴才去魏府給魏忠賢送銀票去了。這你
　　　　也要管嗎？

王承恩：徐公公，我看不止是去送銀票吧！你是去魏忠賢那兒認乾
　　　　爹！（語畢眼神銳利地盯著徐）你在魏忠賢那兒都說了些
　　　　什麼，怎麼？您全不記的了嗎？那王體乾在魏忠賢那兒兇
　　　　的狠，可是一到咱這東廠他全都招了，這都還沒開始用
　　　　刑呢！

徐應元：王承恩，你！

王承恩：徐公公你我同在信王府共事，怎麼能不念同事之誼。只是
　　　　咱們既然跟了信王就要忠於信王。你說是不是？

徐應元：（哭訴），皇上饒命阿！希望皇上念奴才冒著身命危險去
　　　　張皇后那給您通風報信，您就饒了小的吧！

崇　禎：那你就提早回家吧！你秉筆太監的差以後由曹化淳來
　　　　當吧。

徐應元：（哭訴），多謝皇上不殺之恩，奴才這就打包回家。

王承恩：慢會兒，徐公公這金猴是咱們這些一起做太監給您打的，
　　　　拿著一起回家！

徐應元：你怎麼知道我屬猴？徐公公，你忘了，咱們都是幹太監
　　　　的。謝謝王公公賞賜（徐應元退）。

王承恩：不要客氣（目送徐應元）！

崇　禎：王承恩，這徐應元真的如你說的和魏忠賢一起要謀害朕？

王承恩：這閹黨勢力龐大，黨羽遍佈朝廷，信王府自不能幸免。他
　　　　徐應元如果不是閹黨一員為什麼不為自己辯駁？況且皇
　　　　上並沒有殺他只是讓他返回原籍已經是皇恩浩蕩了，徐應
　　　　元當然高興的謝恩了。

崇　禎：那要怎麼發落魏忠賢？

王承恩：皇上的意思是？

崇　禎：朕心裡也拿不定主意。

王承恩：奴才的意思是，不要驚動整個朝廷。然後（比殺頭的手勢）

崇　禎：這樣行的通嗎？

王承恩：（點頭表示沒問題）奴才都安排好了。

崇　禎：那崔程秀還押在刑部大牢裏！現在沒有人參他怎麼定罪，沒有他貪贓枉法的證據朕怎麼辦他？

王承恩：皇上，樹倒狐孫散，一旦閹黨之首魏忠賢伏法，參奏崔程秀的人自然就會有了。

崇　禎：不行！魏忠賢不過是個奴才，殺他等於殺一條狗，那崔程秀可是六部大臣，殺他會動搖整個內閣影響天下士子人心！這不行朕得和皇后和嘉定伯商量商量！

王承恩：皇上，您自小熟讀經史子集，知道何為君，何為臣？何為綱常？何為王道？

崇　禎：普天之下莫不為王土，天涯之濱莫不為稱臣。

王承恩：皇上，君要臣死臣不敢不死，您要奴才死只要說一聲就行了。

崇　禎：朕懂了。傳旨！

王承恩：奴才聽旨！

崇　禎：廠臣魏忠賢，結黨營私，陷害忠良，為天下士子所指，姑念祀奉先帝有功，特恩賜死！王承恩，你用心去辦行了。

王承恩：奴才遵命！

（燈漸暗）

## 第六景　平台召見

背景音效：擊鼓聲，鐘聲，國樂打擊樂。

（燈漸亮）

（眾大臣在崇禎上朝前議論紛紛）

黃立極：施大人今天來的可真早阿？

施鳳來：現在的皇上每天很準時上早朝，也特別注意官員的禮儀，老夫不得不注意阿！

黃立極：說的也是，才幾天這內閣已經是大變了。刑部大牢又多了幾個內閣六部大臣訂房。

施鳳來：還有那王公貴族也一樣。這個秋後劊子手有的忙了。

（錢龍錫，韓爌，上）

黃立極：哎呀！錢大人，韓大人，恭喜！恭喜！你們二位，一個是內閣首輔，一個是輔政大臣，真是恭喜二位阿！

錢龍錫／韓爌：哪裡！哪裡！黃大人客氣啦！

施鳳來：現在的內閣是書卷氣很重阿！施某久仰二大人的才學修養了。

錢龍錫：我想施大人應該說是鄉野氣息很重，我和韓大人已經隱居鄉野多年，這次奉召入京恨不得能親自領兵與那番首皇太極大戰三回合，將那皇太極的首級斬下親手盛給皇上。

黃立極：錢大人，不必您親自動手，皇上心中已經有人選了！

錢龍錫／韓爌：皇上心中的人選是？

施鳳來：不久前被罷的遼東巡撫袁崇煥！

23

錢龍錫：皇上聖明！我認識袁大人多年，袁大人勇於與韃子拼搏是
　　　　條血性漢子。

韓　爌：看來對付滿州韃子非用蠻子不可！（眾人大笑）

黃立極：艾呀！周大人，溫大人也來了。（周延儒，溫體仁上）周
　　　　大人，溫大人，你們二位，一個是帝師，一個是太子太保，
　　　　真是恭喜二位阿！

周延儒／溫體仁：哪裡！哪裡！黃大人客氣啦！

黃立極：耶，這嘉定伯怎麼也來了？

（周奎上）

周　奎：我想知道這袁崇煥的五年還遼計劃要花朝廷多少銀子。這
　　　　幾年戶部為了遼東修城寨防韃子，中原各省勦寇也花了不
　　　　少銀子。這戶部的家底已經差不多了。

（洪承疇上）

洪承疇：嘉定伯，言重了！這勦寇的餉銀多是地方巡撫自行籌募
　　　　的。但是這流寇受招撫後的吃穿實在開銷太大了。與其說
　　　　他們是流寇不如說他們是一群造反的饑民。

周　奎：這些饑民像過境的蝗蟲，朝廷有多少賑濟的銀子都不夠！

（背景旁白：皇上駕到，崇禎，王承恩，馬六，曹化淳，杜勳，杜
之秩之上）

眾　臣：吾皇萬歲，萬歲，萬萬歲！

崇　禎：眾卿平身！今日早朝，朕想聽聽眾卿對遼東的戰局的
　　　　意見！

王承恩：皇上，那都察院御史袁崇煥已在殿外等候多時！

崇　禎：唉！狗奴才，差點誤了朕的大事，快宣！

王承恩：皇上有旨宣都察院御史袁崇煥覲見！


（袁崇煥上）


袁崇煥：臣都察院御史袁崇煥叩見皇上。

崇　禎：（走下丹墀扶起袁崇煥）愛卿快請起！

袁崇煥：謝皇上！

崇　禎：朕在魏忠賢那兒就聽過你的名號了。

袁崇煥：那閹黨逆首魏忠賢不知陷害多少朝中忠良，吾皇聖明能將
　　　　那閹黨一網打盡使我大明朝廷能重現光明。

崇　禎：（高興的笑了）愛卿所言即是，甚得朕心，朕心甚慰！講
　　　　到這閹黨，朕最恨那些為人臣子卻存有二心蓄意結黨謀反
　　　　的人。希望你們以此為鑑，忠心努力為朝廷服務。各位愛
　　　　卿，這一份是西廠太監曹化淳最新的奏報，那奸逆魏忠賢
　　　　被抄家後西廠錦衣衛搜出了許多贓銀。當場還搜獲一些奸
　　　　逆魏忠賢與朝中大臣來往的書信。看來這閹黨在我朝還是
　　　　有漏網之魚，一網難以打盡。

錢龍錫：啟稟皇上，臣建議將那些大臣的名字當著諸位大臣的面，
　　　　現在公佈！

韓　爌：啟稟皇上，錢大人所言即是！所謂做賊心虛，倘若各位
　　　　大人沒有與那奸逆魏忠賢有書信往來大可附議錢大人
　　　　所奏。

眾　　臣：對呀！大夥給錢大人附議。

周延儒：黃大人，有道是：清者自清，濁者自濁。黃大人，您為什麼不附議呢？莫非您怕現在公佈了會把某些與閹黨唱和的人給掀出來！是不是？

黃立極：周延儒，你！

施鳳來：啟稟皇上，老臣年邁，內閣代有新人輩出，臣懇請皇上恩准臣告老回鄉（哭泣）。

崇　　禎：黃立極！你呢？

黃立極：（嚇一跳）皇上的意思是？

崇　　禎：朕要你自己說。

黃立極：啟稟皇上，朝中代有新人輩出，臣知進退。

崇　　禎：黃立極，那你去吏部告退吧！

黃立極／施鳳來：臣叩謝皇上恩准告退！

崇　　禎：既然周延儒已經說清者自清，濁者自濁。朕就不公佈這書信往來的內容了。黃立極，施鳳來你二人先退下。

眾　　臣：吾皇聖明！臣等當謹記前朝教訓！（黃立極，施鳳來下）

崇　　禎：咱們現在言歸正傳，袁崇煥，朕很想聽聽你那五年還遼計劃，你說給咱們大家說來聽聽吧！

袁崇煥：承蒙皇上恩寵，臣這就向皇上稟報臣的五年還遼計劃。臣的還遼計劃有以下三個方子：一、重整寧遠到錦州的防線。臣要重用祖大壽，何可綱，趙率教三員大將鎖住這一條防線。祖大壽自小生長軍人世家，對軍中一切事務巨細靡遺，老練持成，所以臣要祖大壽駐守錦州以為後衛。何可綱仁愛勇敢，廉潔勤勞，也很善於布陣謀略，所以臣要何可綱駐守寧遠以為中軍。至於那趙率教善於管理糧餉兵

籍，規劃軍中典章制度，所以臣要趙率教駐防山海關內以為後勤。這三員大將誓與臣同進退，一人穫罪四人連座。臣要用這五年的時間，每十里見方築一屯寨，每百里見方築一城池，屯寨居民平時務農養馬，戰時上陣為步卒。城池居民平時安居百業，戰時上城池敵樓或為火器槍手，或為弓箭射手。總之，要遼東全境五年之內富土強兵，韃子難以施展其侵略之野心。二、加強薊鎮的防務，元朝忽必烈滅宋即是繞過山海關城池由薊鎮城池的缺口直逼京城。關於這一點我方不可不防。三、聯高麗制韃子，臣建議皇上可派密使暗通高麗勸其不要為韃子所用。必要時可由高麗提供我韃子調動之軍情。另外，臣要四部大員給與臣全力支援，也就是戶部不拖欠軍餉，臣要求的兵器，火器，攻城台樓，工部必需一應俱全，缺一不可。臣要的文官吏部要給，臣選的將兵部要派。只是單以臣區區一個三品都察院御史的官銜要統制各部一品以上大員恐怕很難不犯朝廷眾臣的口舌。

周延儒：袁崇煥，你這分明是要脅皇上，難倒你一個三品都察院御史要連升三級為一品督師大員嗎？

崇　禎：周愛卿說得好，朕正有此意！

眾　臣：皇上？

崇　禎：朕剛才說了，朕最恨那些為人臣子卻存有二心蓄意謀反的人。希望你們以此為鑑，忠心耿耿報效朝廷，朕自會重重的賞你們！袁崇煥就是忠肝義膽為了我大明，而拒絕與那閹黨為伍才會為那奸逆魏忠賢所忌，關於魏忠賢彈劾袁崇煥的折子，朕是親眼所見。袁崇煥對朝廷的忠心，朕是絕對不會懷疑的！就衝這一點朕要封袁崇煥一個正一品的

官職督師薊，遼，萊，登，通五鎮軍務。朕這麼做就是要給你們看一個好樣的。

（眾人議論紛紛）

溫體仁：（聲音蓋過眾人）吾皇聖明！吾皇聖明！吾皇聖明！皇上重用袁崇煥是要向天下士子表明復興大明，驅逐韃虜的決心。我等內閣各部大臣當聲援袁大人殺盡滿州韃子永保我大明江山！

眾　臣：吾皇聖明！吾皇聖明！吾皇聖明！我等內閣各部大臣當聲援袁督師殺盡滿州韃子永保我大明江山！

崇　禎：傳旨！

王承恩：袁崇煥聽旨！

袁崇煥：臣袁崇煥聽旨！

王承恩：加封都察院御史袁崇煥為一品兵部尚書兼督師薊，遼，萊，登，通州五鎮軍務，另御賜尚方寶劍一把，在外有先斬後奏之權。查原兵部尚書崔程秀結黨謀逆罪證確鑿即刻凌遲處死不得有怠！欽此！

袁崇煥：臣袁崇煥接旨！皇恩浩蕩，臣必以死而後之報效朝廷！

錢龍錫：啟稟皇上，寧遠城現在正在鬧兵變，遼東巡撫畢自肅被亂兵綁在城池的敵樓上。亂兵們要脅要是再不發軍餉，就要殺害巡撫以及其他人質。臣奏請袁大人火速到寧遠赴任救平兵變。

崇　禎：既然如此，袁愛卿，你速去寧遠赴任吧！朕自會為愛卿催促戶部盡快將所有遼東駐軍的餉銀準備好。愛卿安心上任吧！

周　　奎：皇上？

崇　　禎：嘉定伯，不要擔心，朕自有辦法！

袁崇煥：臣袁崇煥謝主隆恩！臣這就單騎出關！

崇　　禎：等一下，馬六，你準備幾匹西域好馬同袁崇煥一起赴寧遠
　　　　　上任。朕既不出巡又不帶兵打仗要那麼多好馬養在御馬監
　　　　　做啥？

馬　　六：奴才遵命！

崇　　禎：袁愛卿，馬六是朕身邊的人。有了他幫你，你與宮中的聯
　　　　　繫可以方便一些！

袁崇煥：臣叩謝皇上御賜名馬！臣為報皇恩赴湯蹈火再所不辭


（燈漸暗）。


# 第七景　北京城郊


（燈漸亮）
（魏忠賢乘轎通過舞台，突然魏忠賢的轎子被錦衣衛攔阻下來）


小太監：來者何人膽敢攔住九千歲的座轎！

錦衣衛：（亮出牙牌）我等奉皇上之命來此要攔下魏忠賢聽旨！

小太監：放肆！魏忠賢是你叫的！


（魏忠賢走出轎）

**魏忠賢**：行了！行了！一些兔崽猴孫的一大清早的在鬼叫些什麼！還想不想保住腦袋呀！不是說有聖旨的嗎？是不是崇禎這小娃兒罩不住要本座回去幫忙！我就說嘛！這十八歲的娃兒那鎮得住那些老奸詎猾的文武大臣們。

**錦衣衛**：魏忠賢聽旨：廠臣魏忠賢，結黨營私，陷害忠良，為天下士子所指，姑念祀奉先帝有功，特恩賜死！

**魏忠賢**：（面對觀眾）這是不是矯詔呀，用這一招來謀害我，太蠢了吧！這一招我都用的不想用了。

（王承恩上）

**王承恩**：魏公公，您心裏是不是在想這是不是矯詔呀？這怎麼可能呢？堂堂九千歲有誰敢動您一根汗毛呢？

**魏忠賢**：是你？你來這裡做什麼？

**王承恩**：皇上有旨要奴才把您打包回去！

**魏忠賢**：你的意思是說皇上要捉拿老奴回京！

**王承恩**：不！皇上要你裝在這個缸子裏打包回去！

**魏忠賢**：王承恩，老奴今年六十有六啦！一把硬骨頭怎麼縮的進去呢？這不是在練軟骨功耍特技吧！

**王承恩**：可以，魏公公，您在東廠不是常把活人往裏面塞嗎？

**魏忠賢**：（哭泣）王承恩，你放了我這個老奴才吧！你要多少錢我都給你。

**王承恩**：魏公公，上次您在御書房面聖的費用到現在一直還沒有付清阿，算了，算是晚輩給您打個折尾款不收了。現在言歸正傳，方才說了皇上要奴才把您給打包回去。您聽清楚了沒？

魏忠賢：這不對呀！崇禎只有十八歲，他那能知道那麼多整人的招，一定是你！

王承恩：你只答對了一半，應該說是你自己是皇上半個老師。你讓皇上知道他不咬你，你會咬他的遊戲規則。你當道之日殺人多少你自己最清楚，皇上不會笨到在自己的屋子裏養老虎隨時都有可能咬他自己一口。

魏忠賢：我老了，不重用了。這一點皇上應該知道！

王承恩：魏公公，再老的老虎還是要吃肉的，只有你死皇上才能安心睡他的覺。

魏忠賢：小王八旦挺會說的！我看得出來你很有野心，你的下場會跟我一樣的。

王承恩：我想也是，但是順序是你排在我前面。魏公公，後面有一棵樹，高度跟拉力我都測試過了，很適合你的身高和體重。您自便吧！還是您真想被打包回去？

魏忠賢：不必了！我自己來（狠狠的瞪王承恩一眼），你以為你升官了，他們不把你當太監了。我告訴你，你他媽的永遠是太監，永遠沒有和女人搞過。老子搞過，老子搞過上百的女人……。哈哈！（狂笑）……。

王承恩：（不悅）動手！（錦衣衛猶豫，王承恩拿劍準備砍向魏忠賢，錦衣衛連忙攔住王承恩並捉住魏忠賢並將他吊起，魏忠賢掙扎不斷亂罵，最後停止動作）魏公公，您一路好走了！（低頭開始燒錢紙）


（舞台一角，崔程秀，魏良卿，王體乾，李朝欽，王朝輔正等被錦衣衛一刀一刀地凌遲處死，眾人慘叫，滿地亂爬。正在此時，袁崇煥同姜小昭提燈籠通過）

31

小　昭：官人，這附近好可怕阿！怎麼會有人的呻吟聲！

袁崇煥：可能是那些被凌遲處死的犯人痛苦的喊叫聲。

小　昭：官人，他們的家人難到不來收屍嗎？

袁崇煥：小昭，會被凌遲處死的人一定是犯了重罪，他們的家屬還身怕株連，那還敢來收屍！

小　昭：殺人直接砍腦袋就好了，何必要如此折騰人呢？

袁崇煥：小昭，不要問那麼多，咱們還得趕路呢！宮裡的馬公公在城外已經幫咱們準備好了馬匹。


（背景音效：狼嚎聲）


小　昭：官人，一定是林子裡的狼嗅到了血腥味來吃那些屍首了。

（狼開始拖拉崔程秀等人的屍首）

袁崇煥：不要看，咱們快點走吧！

小　昭：官人，咱們回廣州吧！這北方天又冷，狼又多，那像咱們廣州天氣暖和洋貨又多，又有好多好吃的南洋水果。

袁崇煥：小昭，跟你說治國平天下的大道理，你是不會懂的。這麼說吧！就像咱們在廣州茶樓裡推牌九，你官人這次要下的是一個很大的賭注，這個賭注呢？就是你官人的「命」。這麼說你明白了吧！贏了這一把，你官人從此就是一人之下萬人之上擁有半邊的天下。

小　昭：那要是輸了呢？你不就連命都沒了！

袁崇煥：你官人不會輸的！這盤賭局你官人是看準了才下注的。


（燈漸暗，只能隱約見到演員的身體輪廓）。

小　昭：真的嗎，官人，嗯……官人，不要嘛，荒郊野外的，怪可
　　　　怕的！官人，你好壞阿！咦！官人，前面有個人看起來不
　　　　男不女的……

袁崇煥：喔，那一定是馬公公！

小　昭：奴婢又沒見過太監，我那知道那是一位公公。

袁崇煥：宮裡多的很，見多了就會認。小昭，馬公公可是皇上跟前
　　　　的人，見了馬公公可要注意禮貌，千萬不可以亂講話。

小　昭：官人放心，奴婢知道。奴婢一定不會給官人丟臉的！

袁崇煥：你要是敢給本督師丟臉，本督師一定以家法懲治妳！

小　昭：你好壞阿！官人。


（馬六注意到袁並走上前確認）


袁崇煥：正經點！馬公公來了。

馬　六：奴才馬六叩見袁督師。

袁崇煥：馬公公快請起！

馬　六：這一位是？

袁崇煥：馬公公，這是袁某從廣東家裡帶來的小姜。

小　昭：馬大叔，小昭給馬大叔請安了（跪下）。

馬　六：夫人多禮了（拉起小昭順便摸摸她的手），嗳呀，瞧這小
　　　　手長的多粉嫩呀。

小　昭：馬大叔您也是長的細皮嫩肉的呀！

袁崇煥：小昭，不可對馬公公無禮！

小　昭：（跪下）奴婢失禮了還請馬公公大人大量原諒奴婢。

袁崇煥：馬公公，賤內自小在深圳漁村長大不識官場禮儀還請公公海量包含。（從袖中拿出珍珠）馬公公，這是袁某特地從南洋請人帶回來的婆羅州珍珠還請公公笑納，算是袁某給公公的見面禮。

馬　六：（大笑）哈哈，袁督師，皇上真是慧眼識英雄看上了您去遼東五鎮督師。奴才也深感榮幸能在督師帳前效力。

袁崇煥：哪裡哪裡，以後有勞公公的地方還多著呢！

馬　六：袁督師請上馬。

袁崇煥：謝公公！

馬　六：夫人小心了。起駕！

（燈全暗）

## 第八景　李自成自宅

（燈漸亮）

（李自成上）

李自成：人說：花有重開時，人勿枉少年，莫說黃金貴，平安最值錢。小民李自成陝西米脂人氏，自幼少讀詩書，只好幹著銀川驛站送公文的工作。幹活不認真，公文老遲到，幹活太認真他媽的馬給跑死了。這馬死要我賠錢，公文早到卻不加一毛錢。俺說這做官的真他媽的黑阿！加上俺又愛賭所以現在欠了一屁股爛賬。先回家看看吧！咱離家十日不知俺老婆是否想著俺？咱進門瞧瞧！

（李妻與姘夫爬山虎在親熱發出淫蕩的叫聲）

李自成：你這個賤人！做這種見不得人的事！

李　妻：俺賤！你也不想想，這家中斷炊數月。俺不找男人弄米去，俺怎麼活下去。靠你那點餉銀俺早餓死了。

爬山虎：（推了李自成一把）喂！老李，你老婆欣賞俺爬山虎的文學休養，想與俺躺在床上一起討論詩文歌賦，有罪麼？有罪你可以去告官阿！

李自成：你他媽的放屁！你連個鄉試都沒中，還不是仗著家中有幾個錢在這鎮上調戲良家婦女！

爬山虎：老李，你不要忘了，在你不在家的日子裏，是俺爬山虎在照顧你老婆！你在外面欠的債也是我爬山虎幫你還的！怎麼現在翻臉不認兄弟了？這樣吧！上回你在俺場子輸的那些錢沒要還了，好吧！以後咱哥倆還是好兄弟！

李自成：去你媽的！（用力推倒爬山虎）俺就不相信這天下已經沒有四維八德，五倫綱常了！他媽的，俺今天殺了你們這一對狗男女！叫你們這對狗男女知道什麼叫「恥」這個字！（拿出大刀向二人猛砍，二人亂竄猛叫）

爬山虎：左右鄰居！老李瘋了！殺人阿！老李殺人啦！（負傷逃出）。

（李妻被逼到牆角，李自成狠狠的瞪著她）

李自成：你他媽的好的不學，學潘金蓮勾引西門慶！

李　妻：老李，你饒了我吧！俺不是故意的！

李自成：那他媽的！俺是故意的！說！你為什麼要這麼做！

李　　妻：老李，俺愛他，他能給俺幸福。

李自成：你愛他！（李自成一刀砍下）


（鄰人張婆上）


張　　婆：這大白天的！吵什麼吵！不好了，殺人了！（李自成呆坐
　　　　　在地上，口中唸唸有詞）。噯呀，老李呀，這殺人可比偷
　　　　　人罪過多了！這年頭連飯都吃不上，不過就是偷個人嘛！
　　　　　你也犯不著殺人阿（李自成抓住張婆）。

李自成：到縣衙那，你敢亂說一個字。記住，俺的那些拜把子兄弟
　　　　　不會放過你的，明白不？這兒有一些碎銀你先拿著！算是
　　　　　你在官府替俺遮口的酬勞！

張　　婆：明白，明白！


（燈漸暗）


## 第九景　米脂縣衙

（縣衙大牢區燈漸亮）
（李自成被倒吊在牢房內）


獄卒A：他媽的！李自成！願賭服輸，拿銀子來！

李自成：上回兒俺姪兒李過來探監，俺已經叫他回家去弄錢了。二
　　　　　位大爺再耐心的等一下，俺的姪兒李過很快就會給二位大
　　　　　爺把銀子送上的！二位大爺咱都是老鄉，行行好吧！

獄卒B：好你媽的！沒有銀子一切免談（語畢用皮鞭猛烈抽打李自成，李痛苦呻吟）。咱這皮鞭抽的，看你以後還敢不敢賭！看你賭性有多堅強！操！（語畢繼續用皮鞭猛烈抽打李自成）

獄卒A：好了，老二，放他下來，再玩下去會出人命的。

獄卒B：操！沒錢還敢跟老子推牌九！（李自成被放下後昏倒過去）。

獄卒A：（用水潑了李自成一下）起來！沒用的東西，沒錢你他媽的逞什麼能阿！

李自成：他媽的！你們這些狗官，老子贏了你們不付錢，老子輸了要被你們打，他媽的！等老子出去這個帳一定跟你們算！

獄卒B：操！李自成，你他媽的！爺爺放你下來還嘴硬，我說李自成你可以選擇不跟咱賭阿，誰叫你賭性堅強犯賤手癢呢？

李自成：操！話從你們這個當官的嘴裡說出來倒是容易，老子被你們整天關在這裡不跟你們賭，老子怎麼打發時間呢？

獄卒B：媽的，不給你一點顏色看看，你是不知道什麼叫「王法」！

李自成：（向獄卒B吐口水）呸！你們這些下三濫還配把「王法」兩個字掛在嘴上！

獄卒B：（用皮鞭猛烈抽打李自成）老子就是王法怎麼！老子打的你叫爺爺！

李自成：哼！你們如此濫用職權動用私刑，等俺出去一定要去京師告御狀！

獄卒B：（用皮鞭猛烈抽打李自成）你去閻王爺那兒去告吧！

李自成：你們繼續打吧！俺是鐵打的身體打不死的！

獄卒B：操！（舉起皮鞭的手被獄卒A制住）

獄卒Ａ：等一下，老二，咱有辦法！哈哈哈！（示意叫獄卒 Ｂ 把
　　　　李自成架住）

李自成：下三濫，你不要亂來，出了人命咱李家和你沒完！

獄卒Ａ：哈哈哈！李自成，我說沒事的！（拿出小刀在李自成的胸
　　　　膛慢慢劃過，李自成痛苦慘叫）

李自成：俺大哥，您饒了俺吧！這刀割的痛阿！痛徹心肺阿！痛
　　　　阿……（李自成痛苦地在地上爬行）

獄卒Ｂ：（狂笑）哈哈哈！知道痛了，老大，咱要慢慢的放血！
　　　　千萬不要讓血噴出來灑了一地那就太不殘酷了。哈哈
　　　　哈！（獄卒 Ａ 繼續執刑）李自成，這會兒咱爺們可玩的
　　　　痛快了！

李自成：二位大爺，小弟李自成知道錯了。俺趕緊給二位大爺弄錢
　　　　去！俺知道錯了，有話好說，俺家裡會送錢來的……。有
　　　　話好說，俺家裡會送錢來的……有話好說（氣喘說不上
　　　　話）。

獄卒Ｂ：李自成，你小子剛才不是說要去京師告御狀嗎？

李自成：二位爺，小人糊塗了，小人有眼不識泰山……小人糊塗
　　　　了，小人有眼不識泰山……阿……（痛的進入昏迷狀態）

（師爺，衙役 Ａ／Ｂ 上）

師　爺：（對獄卒 Ａ／Ｂ 訓斥）大人要提李自成大堂問審，你們二
　　　　個還不快替李自成鬆綁。我可警告你們二個，玩出了人
　　　　命，縣令大人要是收不到李自成姪兒送來的銀兩，小心你
　　　　們二個的腦袋！

獄卒Ａ／Ｂ：是，師爺教訓的是，小人不敢！小人不敢！

師　爺：（看了李自成一眼，示意衙役Ａ／Ｂ）唉！帶走！（衙役
　　　　Ａ／Ｂ二人將李自成銬上木枷架走）。

背景音效：擊鼓聲。

（縣衙大牢區燈漸暗，大堂區燈漸亮）

衙　役：威武！
縣　令：升堂（大聲敲打鎮尺）！帶犯人李自成！

（李自成被衙役Ａ／Ｂ帶上，李岩，李過，李三，劉宗敏，等眾人
在柵欄外）

縣　令：罪民李自成！你可知你所傷者為何人？
李自成：稟大人，罪民有所不知。
縣　令：哼！（示意衙役上前潑了李自成一桶冷水，李自成全身發
　　　　斗清醒）。
李自成：謝大人！謝大人！謝大人這桶二月水，真冰阿！
縣　令：爬山虎其兄爬山龍為本縣舉人，功名世家本縣望族。你傷
　　　　了本縣望族，又親手殺妻罪不可赦！罪民李自成，你還有
　　　　什麼話要說？
李自成：稟大人，那爬山虎與我那賤人有染，所以，小人一氣之下
　　　　就殺了這個賤貨以解心頭之恨。如罪民所言不可信，大人
　　　　可以傳那張婆當面與罪民對質。
縣　令：傳證人張婆！
衙　役：威武！

（張婆上）。

縣　令：張婆，案發當日，你可在場？

張　婆：稟大人，民婦在場。

縣　令：張婆，那案發當日你何地？

張　婆：稟大人，民婦正在李宅催討胭脂錢，那李妻積欠民婦好幾
　　　　文的胭脂錢一直未還。

縣　令：你看見了什麼？

張　婆：稟大人，這男女之事可否在大堂上直說，民婦擔心這會有
　　　　辱公堂。

縣　令：那你是確定那爬上虎與罪民李妻有染嗎？

張　婆：稟大人，民婦方才已經說過這男女之事在大堂上直說會有
　　　　辱公堂。

縣　令：那你是不確定？來人，用刑！

李　岩：（跨過柵欄），大人且慢！

縣　令：你是誰？

李　岩：在下李岩是那罪民李自成花錢雇用的訟師。學生久聞縣令
　　　　愛民如子，斷不會在公堂上對善良百姓胡亂用刑，學生
　　　　曾為縣令門生，只不過是先生桃李滿天下已經不記得學
　　　　生了。

縣　令：喔，是這樣？

李　岩：大人，既然這張婆已經表明這男女之事不可在大堂上直
　　　　說，可否借師爺一用商量一個讓張婆畫押的辦法？

縣　令：師爺，你下去與那訟師堂下商議吧！

師　爺：學生遵命！

（師爺用手比了一個五）

李　岩：五百兩，這也太黑了吧！

師　爺：訟師言重了，這死囚當著大堂釋放就是這個行情。看著你
　　　　與我家大人有師生之誼，本師爺已經給你打個八折了。況
　　　　且還得為這李自成找個當著大堂釋放的理由也不容易
　　　　呀！訟師應該明白我家大人一向為官清正，要不是為了自
　　　　己的學生，大人也不犯不著得罪爬山龍的風險收你這區區
　　　　五百兩銀子。唉呀！這個已經是很優惠的價格了。你看著
　　　　辦嗎好吧！

李　岩：他李自成的爛命絕不值五百兩銀子。這樣不！再打個八折
　　　　算四百兩如何？

師　爺：唉！那只能說這李自成命薄，秋後腦袋得準備搬家囉！不
　　　　過，這區區四百兩倒可以讓李自成死的痛快一些，本師爺
　　　　可以安排執刑的劊子手把刀磨的利一些，下刀前先把李自
　　　　成頸子骨頭的接縫處先摸出來。這樣一刀畢命免得頭還連
　　　　著皮呀！

李　岩：師爺，不，不，不，說什麼也得讓李自成撿回這條命，不
　　　　如咱打個商量，李家先送一百兩，剩下的四百兩李自成出
　　　　獄後自會給縣令大人補上，您看如何？

師　爺：這個我不能做決定，我得和我家大人商量商量去？（回大
　　　　堂與縣令交耳）。

縣　令：罪民李自成，方才師爺同你的訟師李岩商量後發現那張婆
　　　　的供詞對你有利。無論如何，本縣令找不出任何理由去證
　　　　明你的妻子與那爬山虎之間是清白的。但是話又說回來，

你殺人就得償命。然而本縣令辦案必須兼顧情，理，法，三者缺一不可。於是重新考慮你的妻子不守婦道有辱本縣民風。加上今年是崇禎元年，皇上登基已經詔告天下各府，縣，州，郡，凡於前朝穢死罪待決者，念上天有好生之德，自朕登基始，可酌情特赦。所以，本縣令決定對你重新發落，立即於公堂上釋放你，希望你回鄉之後要好好做人。退堂！

衙　役：威武！

李自成：罪民多謝大人明查秋毫還小人一個清白！大人真是包青天在世，明鏡高懸阿（不斷瞌頭，突然劉宗敏向趴著的李自成踹了一腳）。

劉宗敏：好啦！這會兒縣令大老爺早就退堂了，老李，你還在瞌頭，瞌個什麼勁阿？一會罪民知罪，一會兒罪民謝恩的。他媽的，老李，你小子天不怕地不怕的什麼時候變的這麼孬種阿！

李自成：唉！兄弟們咱出去說（李自成，李岩，李過，李三，劉宗敏，步出衙門）。宗敏呀！您不知道呀，還好咱這會兒湊上了錢給這些官老爺送去，要不然這人命還不如一條狗阿。這些做官的從衙役，師爺，縣令全得打通，要不然我李自成準是走不出這縣衙大門呢？

劉宗敏：他媽的，老李，老子看你真愈來愈孬種了。大不了咱上山聚義劫富濟貧去！

李　三：那是佔山為王，做土匪強盜！這種對不起祖宗的事。俺不幹！俺寧可再回去在官府繼續做俺的雜役。

劉宗敏：他媽的，李三，你掙得到錢嗎？官府也有幾個月沒發餉銀了。

李　　過：是阿！俺聽那幫縣衙役們說連他們都好幾個月沒發餉
　　　　　銀了。

李自成：難怪獄卒們一見了新犯人就折騰，看能不能榨出一點油
　　　　來。唉，這縣衙的大牢可真不是人待的！一言難盡阿！

李　　岩：這幾年陝西，山西，河南鬧旱災，人吃不上飯只好造反，
　　　　　搶奪官倉存米，或是富豪仕紳的財產。世道灰暗，可憐天
　　　　　下蒼生了！

劉宗敏：行了，他媽的，李秀才，你那些大道理去廟堂上去說吧！
　　　　老子只知道勝者為王敗者為寇。老李要不是湊足了錢給這
　　　　些官老爺送去，明年墳墓上的草都不知有多高了。那些官
　　　　老爺憑什麼這般喝酒吃肉，妻妾成群？就憑他們十年寒窗
　　　　取得的功名？那住在京師的皇上呢？生下來就是要享福
　　　　的，後宮有三千個女人整天吃飽了等他玩。咱呢？每天耗
　　　　在這打鐵鋪子裡，屋子裡熱的跟個火爐一樣，滴下黃豆大
　　　　的汗珠一個月才賺二三兩銀子，他媽的，全城最便宜的妓
　　　　院最低消費還要十兩銀子。

李自成：講到皇上，還好今年是崇禎元年，要不然那幫蠢傢伙還真
　　　　找不到特赦的理由。看來這崇禎皇帝還真救了俺一命！

劉宗敏：他媽的！老李，別傻了！是你的銀子救了你！

李　　岩：講到那銀子，縣令獅子大開口要五百兩缺一個子都不行。

李　　過：李秀才，你答應他們了？

李　　岩：要不然老李的腦袋秋後就得搬家。

李　　過：李秀才，你怎麼不跟咱們商量商量，就答應那縣令開的
　　　　　價呢？

李　　岩：我說過兒，這幫貪官草菅人命，你不給錢。他們殺老李跟
　　　　　按死一隻螞蟻一樣方便。

43

李　過：李秀才，你又不是不知道，咱李家那有能耐擠出那一百
　　　　兩銀子。還不是為了救俺叔的命，那些錢全是俺押地契
　　　　向錢莊借高利貸來的。這連本加利恐怕咱一輩子都還不
　　　　出來。

李　岩：（摸鬍子唉聲嘆氣）看來真的是要官逼民反了！

劉宗敏：他媽的！李秀才！這不是造反，這是起義！當年太祖朱元
　　　　璋起兵反元，不也就是起義嗎？

李　岩：當時是天下大亂，現在是崇禎元年，剛登基不久的崇禎皇
　　　　帝正在勵精圖治改善民生問題。

劉宗敏：那現在還不夠亂的嗎？有些地方都開始吃人肉了。

李　岩：宗敏兄說的也是事實。

李自成：各位兄弟為了不連累各位，俺只好上山聚義另謀發展了。

李　過：叔，俺跟你去！

劉宗敏：夠種！老子也去！

李　三：俺有妻小，俺不去！

劉宗敏：李三，做土匪的誰沒妻小，帶著老婆孩子一塊幹行了！

李　三：那俺做土匪不夠，難倒要俺一家伙一起做賊不成！

李　岩：寇者並非不可為也。方才宗敏兄說勝者為王敗者為寇，其
　　　　實咱們若是做賊的打敗了做王的，那麼咱們就不是賊了。
　　　　天下既然是咱們的了，稱王稱寇就由咱們自己定了。不知
　　　　道大夥是否有聽過指鹿為馬的典故。

劉宗敏：老子只聽過指腹為婚，指鹿為馬是什麼新鮮玩意？老子沒
　　　　聽說過。

李　過：李秀才，不要給大家賣關子，你快說吧！

李　岩：這指鹿為馬的典故是出自於秦國宰相趙高為了在秦二世
　　　　胡亥的面前測試一下自己的威信，於是乎叫人牽了一隻鹿

44

晾在秦二世胡亥的面前並稱好馬一匹。大臣們不敢開罪於
趙高皆同聲稱頌好馬一匹阿，因此秦二世胡亥還真以為自
己的眼睛出了問題。（眾人大笑）

李自成：言歸正傳，李秀才，你看咱們該如何創一番大業呢？

李　岩：就憑咱們五個人的力量去造反，恐怕力量有限。

李　三：俺看那是找死，活的不耐煩了！

劉宗敏：咱們可以學做馬賊，打了就跑。

李　過：可是這官軍騎的馬跑的也不慢呀，很多都是胡人從塞外進
　　　　的好馬。

李　岩：（摸鬍子思考）闖王高迎祥為人直爽很講義氣，近來投奔
　　　　者甚多。我想這個人是我們可以投靠的人。

劉宗敏：就這個高迎祥吧！再這樣做良民耗下去，恐怕什麼吃的都
　　　　撈不上。老子寧可做個飽死鬼也不要做個餓死鬼！

李自成：那各位兄弟俺和宗敏先去投靠這高迎祥吧！

李　過：叔，俺也去！

李　岩：我李岩雖是讀書人，但是現在食衣住行都出了問題，只好
　　　　同兄弟們一起造反了。

李　三：你們都反了，俺不反也不行，要不然官軍準會讓俺做污點
　　　　證人。

（燈漸暗）

## 第十景 寧遠城池，城池上懸掛著袁字大旗，城牆上遍佈死屍

（燈漸亮）

（背景聲音：炮擊聲連續不斷，突然靠敵樓一處被炮擊中爆炸，袁崇煥等人趴下躲避）

袁崇煥：不對！這韃子的火炮什麼時候變的那麼準！連續數十發向我中軍大營飛來。莫非？徐敷奏！

徐敷奏：末將在！

袁崇煥：去查一下附近是否有奸細在為韃子做信號。

徐敷奏：末將遵命！

袁崇煥：不對！這韃子炮擊快一個時辰了，怎麼未見騎兵衝鋒。朱梅，探子可有回報！

朱　梅：稟督師，前軍步卒探子已派出快三個時辰，至今尚未回應。

袁崇煥：袁一飛，測風向！

袁一飛：末將遵命（拿起風向儀測風向）。

袁崇煥：風向如何？

袁一飛：稟督師，吹西南風。

袁崇煥：那前軍步卒探子恐怕早已被韃子所俘或殺害，傳令下去升風箏觀測敵軍動向！

袁一飛：遵命！（袁一飛下）

（探子隨即駕風箏升空偵察金國陣地動態，註解：這個部份的演出可運用舞台技術來呈現載人風箏的飛行景象）。

徐敷奏：稟督師，確實在城南茶樓上有一個小太監拿著銅鏡對太陽反光給韃子的炮兵打信號！

袁崇煥：帶上來！


（王二被侍衛押上）


徐敷奏：跪下！

王　二：我是前軍監軍太監馬公公的人，你們不得對我無理！

袁崇煥：叫什麼名字？

王　二：稟督師，小人叫王二是前軍監軍太監馬公公的屬下。唉有，袁督師，您的這些屬下非常粗魯把小人的衣服都給扯破了。人家這套衣服還是皇宮內務府訂做的，寧遠這個鄉下地方還買不到呢？

袁崇煥：你可知道現在全城戒嚴，你為什麼不待在屋內。

王　二：稟督師，小人見今天天氣好出來照照鏡梳理一下。小人已經一個月沒有洗頭了。

袁崇煥：放肆！王二，你身為監軍人員理當隨時紀錄我軍最新動態及敵軍最新戰術運動位置。現在，你怠忽職守還為敵軍炮兵打信號曝露我軍指揮部位置。按軍法理當問斬！來人呀！將王二就地正法！（侍衛上前將王二固定斬首位置）。

王　二：（大叫），馬公公救命呀！袁崇煥要謀害監軍殺人滅口呀！楊公公救命呀！袁崇煥要殺人滅口呀！來人呀！（話沒說完，侍衛大刀已經砍下王二的人頭）


（袁升高：上）

袁升高：稟督師，據偵察營風箏探子回報，韃子正黃，正藍，鑲黃，
　　　　鑲藍旗騎兵約二萬人朝西北方向快速移動！

祖大壽：往西北方向，卻炮擊西南方向？這韃子今天反常了。

袁崇煥：不對！這很正常！大壽呀！這叫聲東擊西。韃子炮擊我們
　　　　不是為了騎兵向西南方衝鋒做準備而是要為了他們西北
　　　　方向的戰術運動做準備。所以，我們向韃子還擊，炮火就
　　　　會落在東北方，正合他們的意。所以，韃子的作戰是有計
　　　　劃的，我們判斷敵情一定要做全面的考量。跟著韃子起舞
　　　　只會陷入敵主動我被動一步一步掉入韃子所設的陷井。

祖大壽：督師，那麼我們應該立刻停止炮擊，將炮口轉向西北方攻
　　　　擊韃子的四旗騎兵。

袁崇煥：不對！大壽呀！這樣會浪費我們的火藥。炮擊西北方，韃
　　　　子另一股騎兵又會發起衝鋒向我們正面撲來。況且韃子已
　　　　經炮擊一個時辰了，恐怕那四旗騎兵早已走遠，遠離我軍
　　　　火炮最大射程。韃子這一回不是要攻山海關，恐怕要速戰
　　　　速決繞過我軍正面關寧防線從側面穿透薊鎮防線的缺口
　　　　直搗京師。

祖大壽：那京師豈不馬上陷入被敵包圍的危險。

袁崇煥：不對！京師內外二城的紅夷大炮加上有滿桂，侯世祿二員
　　　　大將駐大同，宣府一帶可以立刻急赴京師抗敵。所以，就
　　　　算我們不立刻回防京師，京還是可以擋一陣子。

趙率教：既然這樣，督師，末將認為咱們應該留守在關寧一線觀察
　　　　一陣子。冒然移出我軍主力回防京師恐怕會兩面受敵。

何可綱：率教兄所言即是，況且大軍移動糧草補給會有困難。現
　　　　在冬至剛過天寒地凍萬一京師的守軍不讓我們進城休

整，恐怕軍隊士氣會大受打擊更不要說與那韃子八旗軍抗衡。

祖大壽：那韃子的補給線拉的比咱們更長，從韃子的京城到咱大明的京師外圍足足有一千六百里。這個時候如果我們朝韃子京城發起攻勢，說不一定會打亂皇太極這一步棋。

袁崇煥：不對！本督師決定入關回防京師保衛皇上。崇煥蒙受皇恩絕不能讓皇上受驚甚至為韃子所俘擄。

何可綱：督師，此去京師至少有九百里路以上，韃子為騎兵而我軍多為步卒如何能追上韃子呢？

趙率教：督師，我軍善於使用火器，這火器必須要依托城池或堡壘作戰才能發揮火器的最大功用。此番攔截韃子大口徑的紅夷大炮無法隨軍移動，只剩下小口徑的佛朗機銃和鳥銃可以以偏箱車移動進行野戰。若是就以這樣的火力對韃子進行野戰恐怕勝算的機會也很小吧！

祖大壽：督師，您方才說韃子的作戰是有計劃的，跟著韃子起舞只會陷入敵主動我被動一步一步掉入韃子所設的陷阱。末將以為這是韃子設下的一個陷阱，我軍應該仔細分析韃子單兵縱深進攻京師的真正意圖。那皇太極只率幾萬輕騎就想立刻攻下固若金湯的京師城池有一些困難。莫非那皇太極想學從前金國攻宋，圍京師是虛，威脅恐嚇訂定城下之盟掠奪金銀衣帛才是實。督師，還是率教兄說的對，我軍應該以靜制動，現在跟著韃子一起動，去京師湊熱鬧恐怕其中會有詐。督師，咱們不可不防阿！

何可綱：督師，大壽的觀察很有道理。韃子的詭計咱們不得不防呀！況且按大明律令，駐紮在京師之外的邊軍要收到勤王

的聖上諭旨才可以向京師移動。我軍冒險入京勤王恐怕會
落小人口實。

祖大壽／趙率教／何可綱：（異口同聲跪下）末將們勸督師三思而
　　　　　後行。

袁崇煥：（扶起三人）快快請起！你們隨我征戰沙場多年，你們掛
　　　　念本督師的安危，本督師能了解。諸君，本督師比你們更
　　　　知道朝中險惡。本督師在前朝獲得寧遠大捷的勝利最後還
　　　　是遭到朝中小人的暗算被罷官返鄉。今天皇上在京師面對
　　　　韃子的包圍陷入險境，第一。我袁崇煥不能辜負皇上對本
　　　　督師的信任和提拔。第二。置君危而不顧，我袁崇煥不能
　　　　做這個歷史罪人。知者不惑，仁者不憂，勇者不懼！如果
　　　　我們每天心裡想著就是一己之私還有那些朝中的險惡，那
　　　　麼還有誰願意成仁取義為皇上盡忠呢？讀聖賢書所為何
　　　　事？諸君，你們怕什麼？

祖大壽：既然如此，末將們願隨督師共赴國難！

袁崇煥：好！上酒！（侍從為每一位將軍打酒）乾！

眾　人：（異口同聲）乾！末將們願隨督師共赴國難！

袁崇煥：你們大伙都是好樣的。

趙率教：督師，方才末將們所提的疑慮，不知督師是否已有對策！

袁崇煥：諸君，本督師決定親率九千騎兵回防京師，日夜趕路就可
　　　　以在遵化城追擊到韃子。至於與韃子野戰，我軍應盡量避
　　　　免白天接戰，利用我們對遵化城的地形熟悉度，在夜間對
　　　　敵進行偷襲作戰。鳥銃以三人為一組，一人肩扛槍身，一
　　　　人在後填充火藥，一人警戒固定馬匹。鳥銃營要對敵進行
　　　　打了就跑的游擊戰。至於彿朗機銃營則布陣於鳥銃營之
　　　　外，在敵軍發覺我軍突襲後，立刻對敵陣展開炮擊，炮擊

開始後我軍第一波騎兵大刀營衝向敵陣，砍擊敵軍的所有馬匹的馬腿。韃子騎術再好騎了缺了腳的馬，量他們也威風不起來。這個時候我軍第二波騎兵長茅營向那些摔下馬來的韃子猛刺，一茅一個務必貫穿每一個韃子的胸膛。讓他們以後見了我袁家軍魂破膽飛。

眾　　人：督師英明！

袁崇煥：朱梅，徐敷奏聽命！

朱梅／徐敷奏：末將在！

袁崇煥：你二人在我軍主力入關出擊後，要嚴守山海關嚴防韃子破關讓我軍兩面受敵。

朱梅／徐敷奏：末將遵命！

袁崇煥：祖大壽，趙率教，何可綱聽命！

祖大壽／趙率教／何可綱：末將在！

袁崇煥：你三人立即隨本督師入關勤王！

祖大壽／趙率教／何可綱：末將遵命！


（燈漸暗）


## 第十一景　文華殿


（背景旁白：皇上駕到，崇禎，王承恩，杜勳，杜之秩，曹化淳上）

（燈漸亮）


眾　　臣：吾皇萬歲，萬歲，萬萬歲！

崇　禎：眾卿平身！朕今日召開登基後第一次內閣緊急會議就是要議滿州韃子已經破尊化城正通過薊鎮朝京師殺來，不知各位大臣有什麼方法可以逼退韃子？

周延儒：啟稟皇上，袁崇煥貴為一品大員督師薊，遼，萊，登，通五鎮軍務，還誇下海口要五年還遼。爾今不到一年時間韃子已經打到咱們家門口了。臣認為袁崇煥這個一品大員有負朝廷所托。

錢龍錫：啟稟皇上，袁督師在他的五年還遼計劃中已經說的很清楚，韃子可能會從我軍西北防縣最脆弱的薊鎮一帶尋求突破口。只是朝廷連年欠發軍餉甚至還發生寧遠兵變，根本沒有多餘的經費來加強薊鎮防務。袁督師是巧婦難為無米之炊呀！再說那寧遠兵變，袁督師單騎入關只花了幾天的時間就敉平兵變，嚴懲首惡肇事者。這證明袁督師為人正直深為遼東官兵所愛戴！

周延儒：那斬東江總兵毛文龍之事，錢大人，您如何幫袁崇煥解釋？

錢龍錫：周大人對毛文龍此人可有了解？

周延儒：本人只知道毛文龍對於袁崇煥在遼東的目中無人跋扈橫行向朝廷上過折子。

錢龍錫：周大人，皇上既然授予袁督師總管薊，遼，萊，登，通五鎮軍務，那毛文龍就是袁督師的屬下了。毛文龍身為下屬居然為了其所分糧餉不足兒要威脅上司造反。按大明軍令就是當斬。袁督師有皇上御賜的尚方寶劍，當然可以先斬毛文龍再稟報朝廷。何謂周大人所言的目中無人跋扈橫行呢？

溫體仁：錢大人，說來說去都是錢的問題，難道這是戶部的問題嗎？這朝中人人都知道戶部實際上是由嘉定伯在做主，這難道全是嘉定伯的錯嗎？（語畢喵了周奎一眼）

周　奎：這幾年中原各省又是旱災又是蝗災的，現在饑民要成災
　　　　了。再加重稅賦恐怕百姓負擔不了。這再窮總不能拿世襲
　　　　往替的藩王和公侯伯爵們開刀吧！難倒還要再搞一次靖
　　　　難之役不成？

周延儒：皇上既然賦予袁崇煥如此大任，不是要他一天到晚向朝廷
　　　　議餉要錢。他自己要去想想辦法呀！

韓　爌：那按照周大人的說法袁崇煥只能去搶了，搶奪百姓的財
　　　　物。這樣的軍隊和土匪有什麼差別呢？

溫體仁：啟稟皇上，遼東經略從熊廷弼開始到後幾任的孫承宗，高
　　　　第從來沒有一個督師向朝廷獅子大開口卻又一事無成
　　　　的。況且斬了毛文龍，反而使得毛文龍手下的二員大將，
　　　　尚可喜，孔有德轉而投向皇太極。所以，微臣很懷疑袁崇
　　　　煥斬毛文龍的真正意圖。依微臣所見袁崇煥是要在遼東自
　　　　成一方勢力所以要斬除異己。毛文龍死了尚可喜，孔有德
　　　　擔心自己也會受到整肅索性投靠皇太極一了百了。周大
　　　　人，您說是不是？

周延儒：老夫也認為袁崇煥表面上是向朝廷要餉對抗滿州韃子而
　　　　骨子裡其實是要擴充他在遼東的私人武裝力量成為雄霸
　　　　一方的軍閥。

韓　爌：周延儒！我看你是老糊塗了！朝廷什麼時候按時發餉給
　　　　駐在遼的所有官兵？朝廷餉銀沒有一個子進到袁崇煥私
　　　　人的口袋。袁督師的清廉，我韓爌願以身家性命擔保。

周延儒：韓大人只怕您是受了袁崇煥什麼好處要為他掩過？

韓　爌：周延儒！你不要以為你身為帝師就可以在大堂之上胡
　　　　言亂語！我倒要問問周大人是受了毛文龍什麼好處要為
　　　　申冤？

周　奎：諸位大人，現在是內閣會議，不是市井叫街。請各位大人針對皇上所提的議題按程序發言討論，如今大敵當前，咱們要討論的是退敵的方法和步驟而不是該不該陣前換將。請各位大人不要將一己之私或個人恩怨加入咱們要討論的議題。

洪承疇：嘉定伯所言即是。如今大明的江山社稷危在旦夕，各位大臣們，食君之祿擔君之憂。我等當齊心戮力想出退兵之計才是。

崇　禎：眾卿，嘉定伯和洪承疇說得對！朕要問的是諸卿有什麼辦法可以逼退子？朕要聽的不是諸卿的口舌之辯。這萬一這韃子打進京師來了，要朕如何面對大明的列祖列宗？至於那袁崇煥如何懲處，朕現在還不想議論。

探子A：報！錦衣衛特別偵察營探子丁五六報：山海關趙率教所部全軍被殲，總兵趙率教戰死。韃子八旗騎兵五萬人在通州外圍集結完畢。

洪承疇：啟稟皇上，通州距京城只剩四十里路，我軍得開始進行攻城布防，要不然韃子開始攻城，我軍就會毫無防備！臣以為皇上應該速派一位與韃子接戰過的大臣前往通州督戰！

崇　禎：（走下丹墀，全身發斗，面對觀眾）這麼快！韃子像瘟疫一樣，來得快又叫人一點辦法也沒有，難道這一回韃子非得進京不行嗎？袁崇煥，袁崇煥，袁崇煥……你非得讓朕如此難堪嗎？（呼吸急促）

眾　人：（跟上崇禎）皇上？

崇　禎：（被嚇一跳，但立刻回過神來，走上丹墀）眾卿以為朕該派誰去？

周延儒：皇上的意思是？

崇　禎：（大罵大叫，暴跳如雷）有沒有搞錯！朕養你們這些大臣是幹什麼的？到這個時候全都給縮回去了。洪承疇剛才說食君之祿擔君之憂。你們全沒聽見嗎？您們一個個身為內閣大學士熟讀兵法經書，應該有滿腹的點子。難倒連這點小事還要朕自己想辦法嗎？

溫體仁：啟稟皇上，熊廷弼打過敗仗，高第怯戰，看來只有這孫承宗老練沉穩，與韃子交戰雖無大勝，但孫老將軍從不怯戰也屢有小勝。臣以為孫承宗是一個可以考慮的人選。

崇　禎：周延儒，你認為呢？

周延儒：溫大人向來是真知灼見，臣當然沒有別的意見。

崇　禎：錢龍錫，你認為呢？

錢龍錫：啟稟皇上，據臣所知，袁督師已經從寧遠火速入關準備在通州阻擊韃子。加上孫老將軍駐守通州，皇上大可不必如此憂心。

崇　禎：好吧！傳旨速派孫承宗赴通州就任京畿督師，務必死守通州城堵住韃子。

探子Ｂ：報！錦衣衛特別偵察營探子王五六報：韃子奸細已經潛入京城，四處造謠鼓惑人心。已捕獲韃子奸細三人，目前正在嚴刑拷打追查其它同黨。

洪承疇：啟稟皇上，現在必須馬上要傳旨通令兵部各衙門，京師進入全面戒嚴狀態。所有進出京城的通道全部要由重兵把守。

崇　禎：如三邊總督洪承疇所擬，傳旨！

探子Ｃ：報！錦衣衛特別偵察營探子方五六報：京師現在物價高漲，通貨膨漲，一兩金子買一粒米！

洪承疇：啟稟皇上，現在必須馬上要傳旨通令戶部，工部各衙門對所有民生，戰略物資進行管制，凡有屯積居奇者立斬不怠！

崇　禎：如三邊總督洪承疇所擬，傳旨！

探子 D：報！錦衣衛特別偵察營探子包五六報：袁崇煥前軍抵達廣渠門外就接戰位置。

錢龍錫／韓爌：好樣的！袁崇煥！

探子 E：報！錦衣衛特別偵察營探子白五六報：韃子八旗左翼跟蹤袁崇煥中軍也抵達廣渠門外。


（燈暗）


溫體仁：（突然 spotlight 打在周溫二人身上）奇怪！為什麼是袁崇煥先到？

周延儒：（奸笑）嗯，這其中一定有文章。


（spotlight 暗）


## 第十二景　廣渠門外，下舞台有幾個用沙包圍起來的散兵坑。散兵坑外懸掛袁軍大旗

（燈漸亮）

（背景音效：不斷的炮擊聲，袁崇煥，祖大壽，祖可法，何可綱及一些袁軍士兵困在散兵坑內，袁軍士兵有幾組人用鳥銃以一人肩扛槍身，一人在後填充火藥的方式，向觀眾席左右兩方開火。另外有

幾組人以彿朗機銃架在木架上向向觀眾席上方向開火。刀，槍，箭，偏箱車，死屍推積整個下舞台。不斷有袁軍士兵中彈或中箭倒下，不斷有炮彈擊中散兵坑。不斷有八旗軍敢死隊從舞台各處冒出向袁軍砍殺，袁崇煥等人用斧頭向八旗軍敢死隊砍去。有許多八旗軍敢死隊頭上或是身上中斧而到痛的處亂竄。突然炮擊聲停止，袁崇煥高舉令旗，背景音效：鳴金聲。袁軍也停止炮擊，袁崇煥，祖大壽，祖可法，何可綱站起。袁崇煥站來後檢視了一下自己中箭如刺蝟般的盔甲再將中箭一一拔出，然後不斷以西洋單筒望遠鏡瞭望敵陣。祖大壽用力拔起插在自己頭盔的一把小刀，何可綱則甩下掛在他肩甲上八旗軍士兵的一隻沾滿鮮血的斷手，只有祖可法拍拍全身的灰塵。）

祖大壽：他媽的！不讓咱們進京休整，讓咱們堵在這裡餵韃子。京師裏面那些高官是什麼意思？城門堵的密不透風，好像咱們進城會造反一樣。

祖可法：爹，咱們再去跟朝廷商量一下。這會兒天寒地凍的又缺乏補給恐怕將士們恐怕撐不了多久了。城池上的京師守軍已經三天沒有吊食物下來了。

祖大壽：他媽的！韃子現在停火，巴成開飯去了。

何可綱：大壽，率教兄在遵化光榮戰死，我們當為他報仇才是。

祖大壽：可綱兄！那些京城高官在高牆府第內喝酒吃肉，王公貴族在深宮內苑左擁右抱。咱們呢？在這兒捱餓受凍。

何可綱：大壽，我不餓也不冷，韃子殺我多少百姓毀我多少城池，多少牛羊被劫掠多少遼東百姓流離失所。這股深仇大恨讓我胸中燃起一股復仇之火永遠不會熄滅！

祖可法：爹，前軍監軍太監馬公公不見了？

祖大壽：管他去！咱們這兒不管飯，巴成去韃子那兒開伙去了。

祖可法：爹，城池上的京師守軍開始吊食物下來了。咱們這會兒也可以開飯了。

（有部分城池上的京師守軍向下丟食物戲弄袁軍士兵，部份袁軍士兵則搶食京師守軍丟下的食物造成一股騷動）。

袁崇煥：諸君，不要忘了！那夷首皇太極就在與我軍對峙的陣中。韃子跟我們一樣野地紮營，一樣捱餓受凍。他皇太極可以忍，我們為什麼不能忍！你們看那韃子陣地經過炮擊後，各營旗號依然整齊可見，火炮依然排放整齊。咱們也不能輸給韃子！

（背景音效：哨子聲音此起彼落）

祖大壽：那是什麼聲音？

祖可法：爹，兒從沒聽過！

袁崇煥：是陣式變換的號令。火炮拉下，騎兵慢慢站出來。嗯，那個穿金黃色盔甲兩旁有侍衛重重包圍的想必就是皇太極了（放下西洋單筒望遠鏡）。諸君，韃子要衝鋒了。咱們報仇雪恨建功立業的機會來了。

（背景聲音：馬匹衝刺和人的吶喊聲）

何可綱：皇太極納命來吧！

祖大壽：他媽的，老子還沒吃飽飯你就打，老子跟你拼了！

袁崇煥：眾將士！衝阿！（眾人衝出散兵坑）。

（背景音效：槍聲）
（眾人在舞台上靜止，背景音樂響起——建議可以採用好萊塢 60 年代著名西部片《虎豹小霸王》的片尾主題曲，背景螢幕打出這齣戲的演職員及贊助單位，燈漸暗。）

## 第十三景　上舞台為刑部大牢區，下舞台為廣州光孝寺區

（背景音效：水滴聲，老鼠叫聲，袁崇煥在刑部大牢區寫詩，並抬頭回憶起粵籍同鄉為他赴任餞別的情景，光孝寺區燈漸亮，然後飾袁崇煥的演員拿著寫好的詩走到光孝寺區加入其它演員表演這一情景，背景聲音：轉換成流水聲，鳥鳴聲，國樂演奏聲，同時有演員在鳴簫，彈琴，下棋，畫畫，坐在小舟上釣魚，刑部大牢區燈漸暗。）

袁崇煥：春風襲來暖陽照，酒香詩溢光孝寺，舊雨新知來相送，故舊故里故鄉情。
陳子壯：好詩！好詩！吟詩的人要喝酒！
袁崇煥：子壯兄，你我同科進士。不能老讓我喝，你自己也要喝。
陳子壯：這還用說嗎？來兄弟我敬你一杯！來乾了這一杯！
袁崇煥：乾！
陳子壯：來！崇煥兄，我來給您介紹一下，這一位是咱們嶺南有名的畫家，趙鶿夫。趙兄把咱們今天的聚會全都給畫了下來

了。崇煥兄，您瞧！兄弟我還特別題了字「膚公雅奏」。意思是希望崇煥兄此番進京能建功立業報效朝廷，您瞧！不只是我陳子壯在座的每一位兄台都題了字。

袁崇煥：藹夫兄果然是名家！遠山綠水，小橋流亭，婦人小童，一隅同樂！好！還有這一帆遠行！真是好阿！

陳子壯：崇煥兄，（舉起酒杯）同鄉們要敬袁大人此番進京一帆風順步步高昇，乾！

眾　人：（舉起酒杯）乾！

趙藹夫：在下趙藹夫久仰袁大人大名！關寧大捷那夷首努爾哈赤就是死在袁大人的紅夷大炮炮火之下。

袁崇煥：藹夫兄客氣了！崇煥尚未進京赴任，現在與各位兄台一樣都是一介平民，何來大人之稱謂阿！

陳子壯：各位兄弟！我陳子壯的同科，袁崇煥，現在被皇上平反官復原職依然為都察院右僉都御史，來，大家敬新官一杯！

眾　人：敬袁大人！

袁崇煥：諸位客氣了！（回敬眾人酒）

通　炯：老訥身為出家人嚴守清規，恕老訥以清茶代酒敬袁大人。

袁崇煥：這一位是？

陳子壯：這一位是光孝寺住持通炯大師。

通　炯：老訥久仰袁大人之名，今日有幸一睹袁大人的本尊，幸會，幸會！天啟一朝宦官當道，世道暗淡，是非黑白不明。如今崇禎新政，奸逆朋黨已除，願袁大人早日促使遼東和平，遼東百姓能免於戰火之災。

袁崇煥：大師箴言崇煥當謹記在心，我大明並非與滿州韃子非戰不可，然戰乃逼和的唯一方法，和為戰的最終目標。崇煥這次進京面聖就是要當面奏請皇上建設遼東各城寨為堅不

可摧的堡壘，韃子每次來犯必血流成河，折兵損將。待我
軍建設遼東為富土強兵之地後，韃子不和也不行了。不和
咱們就打他回女真老家去！

眾　人：（拍手叫好）好！

陳子壯：（向眾人說）來！咱們再敬袁大人一杯！

眾　人：好！

袁崇煥：（回敬酒）崇煥將來在遼東打拼一定不會忘記各位同鄉的
　　　　盛情款待！

通　炯：袁大人！老衲擔心這崇禎新政會不會是曇花一現，皇上對
　　　　臣子的承諾會不會變成明日黃花。少主即位，心性未定，
　　　　恐怕會讓身旁小人有機可趁。前朝之鑑不可不防。袁大
　　　　人！如有必要可到老衲這兒避風遮雨，光孝寺地方不大廟
　　　　產不多，有精於武藝之武僧四十人。提供袁大人三餐齋飯
　　　　及人身安全是不成問題的！

袁崇煥：大師多疑了。君子坦蕩蕩，小人常戚戚。崇煥一心報國，
　　　　但求留名青史，早已經把個人功名安危置之度外！

通　炯：袁大人！既然如此！有緣希望你我二人能有再聚首之日。

袁崇煥：多謝大師！君子以文會友，以友輔仁。待崇煥平定遼東，
　　　　必定重回光孝寺與諸位同鄉好友再續前緣（光孝寺區燈漸
　　　　暗，飾袁崇煥的演員回到上舞台刑部大牢區，刑部大牢區
　　　　燈亮）。


（錢龍錫，韓爌，王承恩上）


王承恩：開門！（獄卒將牢門打開）

錢龍錫：督師，請受下官們一拜！（眾人跪下）

袁崇煥：唉！錢大人，韓大人，王公公快請起！袁某擔待不起此大禮。

王承恩：（哭泣）袁大人，您千里馳援解京師之圍卻還要受這種羞辱，奴才心痛呀！

袁崇煥：公公，不要難過！人各有命，袁某唯一遺憾的是沒有馬革裹屍，縱死疆場。可惜袁某答應公公的事一直沒有空去辦，還請公公見諒。

王承恩：（哭泣）袁大人有這份心意就好了，看到袁大人如此受累，奴才還有什麼心情去想那高麗人蔘呢？

韓　爌：袁大人，自從您下獄後，祖大壽與滿桂不和率部出關。如今，滿桂戰死，韃子再犯。環顧滿朝文武，只有您能有這個能力號召祖大壽再次入關勤王。督師，不知您意下如何？

袁崇煥：韓大人，大壽在官場打滾多年，什麼腥風血雨的事都見過。與滿桂不和只是原因之一，至於其他的原因。我想朝廷要去找出來。

錢龍錫：唉！大壽見到督師這般下場後能不心寒嗎？遼東官兵從上到下與督師，您都是交心的呀！自您下獄後，遼東軍各營不時傳來哭聲，人人無心戀戰。祖大壽只好帶著他們離開京城這個是非之地再謀權宜之計。

韓　爌：袁大人，不瞞您說，我與錢大人今日前來會晤就是奉皇上之命請督師修書一封給祖大壽招他入關與孫大人合圍屯兵京城外久久不退的皇太極。

袁崇煥：只要是有利於大明江山社稷的事，有利於天下黎民百姓的事。袁某甘冒萬死也會為之。來人阿，取筆墨紙硯

（燈漸暗）

## 第十四景　上舞台為御書房區，下舞台為刑場區

（背景音效：崇禎：朕死之後以髮覆面無顏見列祖列宗，餘音不斷環繞，刑場區燈漸亮，飾崇禎，周皇后，皇太子，皇三子，皇四子的演員，跪在刑台上，此情景為崇禎的夢境。背景音效：擊鼓聲。飾袁崇煥的演員從觀眾席上走上舞台，觀眾席中有清軍八旗士兵的演員在歡呼袁崇煥的到來，舞台上則站滿了手持袁軍大旗的袁軍士兵。）

錢龍錫：督師，京師各門已經全被我軍佔領！在京文武百官已經上表要袁大人儘快繼任大統。

袁崇煥：此次我軍與大金國皇太極八旗軍勝利會師廣渠門外，本督師要大力犒賞三軍有功人員。

祖大壽：督師，大明皇室成員如何處置？

袁崇煥：斬！（刑場區燈立刻暗，飾崇禎，周皇后的演員回到御書房區，飾皇子的三個演員下，御書房區燈漸亮）。

（王承恩，杜勳，曹化淳上）。

崇　禎：（躺臥在龍褟上重複自言自語）無顏見列祖列宗……

曹化淳：皇上？

崇　禎：（嚇醒）曹化淳，你要幹什麼？朕剛才做了一個夢。

曹化淳：皇上，皇后來看您了。

周皇后：皇上，這一會兒又是韃子圍京師，這一會兒是袁崇煥通敵的事，一個蠟燭兩頭燒！皇上您這般折磨自己，臣妾也沒有好日子過呀！（哭訴）

曹化淳：皇上，皇后說的對，如今那袁崇煥已經押在刑部大牢，戒
　　　　備森嚴，連隻老鼠都躦不進去。韃子是沒法兒再和他聯絡
　　　　了。該是時間寵幸後宮放鬆一下心情了。

崇　禎：（狠狠看了曹化淳一眼）曹化淳，朕要不要寵幸後宮干你
　　　　一個奴才什麼事呀？

曹化淳：（跪下哭訴）皇上饒命！皇上饒命！奴才打從信王府開
　　　　始，就看著皇上一天一天長大。記得有一回皇上為了打野
　　　　雀從樹上摔了下來，當時奴才的心也像摔在地上似的久久
　　　　不能呼吸。奴才一日不見皇上就全身上下都不對勁！奴才
　　　　頭頂上只有一片天，那一片天就是皇上！

周皇后：皇上，曹公公跟了你這麼久，每天侍候您穿衣洗臉的，他
　　　　的心都快長到你肉上去了。他這麼說也是希望你保重龍體
　　　　寵幸後宮。你那知道我們這些婦道人家的辛苦呀！（哭訴）

崇　禎：好啦！念在皇后幫你求情，還有你負責西廠肅清閹黨有功
　　　　的份上，朕今天就饒了你。

曹化淳：謝皇上不降罪奴才，奴才以後會謹言慎行。

周皇后：快起來吧！曹公公。


（門外小太監與王承恩交耳，王出門與溫體仁交易，溫從袖口中拿
了一張五百兩銀票給王，王給小太監使了一個臉色。）


溫體仁：謝公公！

小太監：東閣大學士太子太保溫體仁觀見！

周皇后：這個老不朽，白天這麼多時間上朝議政還不夠，這麼晚了
　　　　還來搗什麼亂！難道他不知道就算是平民百姓的夫妻夜
　　　　深了也是要睡覺的。

崇　禎：皇后，你先退下，溫愛卿這麼晚了還來找朕必定有緊急重
　　　　要的事要議！

周皇后：皇上。（無奈的眼神）臣妾遵命！（周皇后與宮女退）
溫體仁：微臣溫體仁叩見皇上。
崇　禎：愛卿平身！
溫體仁：啟稟皇上，臣知道最近袁崇煥通敵的事讓皇上憂心忡忡。
　　　　臣深夜來此就是要解君憂的。

（門外小太監與王承恩交耳，王出門與周延儒交易）

王承恩：我說周大人，您之前積欠的御書房面聖費用到現在一直還
　　　　沒付清，我說周大人您堂堂一品禮部尚書又是文淵閣大學
　　　　士一年最起碼有好幾萬兩銀子，何必要和何咱們這些做奴
　　　　才的過意不去賒欠這點小錢呢？這些費用呀是奴才為咱
　　　　們這些做太監的可憐兄弟們籌辦養老基金，您放心這裡面
　　　　沒有一個子進到我王承恩的私人口袋裡。
周延儒：王承恩，你這是光天化日之下公然收賄，罪不可赦！老夫
　　　　一定要當面稟報皇上揭露你幹的這些醜事！
王承恩：周大人，那很抱歉皇上這會兒沒空見你！時候不早了，你
　　　　老早點休息吧！
周延儒：老夫今晚一定要見到皇上！皇上！皇上！（大聲吼叫）
王承恩：我王承恩是皇上養的看門狗，要咬的就是你這等奸臣！

（王和周二人扭打在一起）。

崇　禎：曹化淳，外面在吵些什麼？你出去看看！

曹化淳：奴才遵命！

周延儒：唉呀，曹公公，您可來啦！您這二百兩才是行情價（周延儒從袖口中拿了一張二百兩銀票給曹化淳）一切有勞公公了！

曹化淳：行，周大人！奴才這就給您去通報！

王承恩：曹化淳，你這個狗娘養的！你給爺爺我小心了（曹頭也不回往殿內走）。

曹化淳：啟稟皇上，外頭是禮部尚書周延儒要求覲見！

溫體仁：這個跟屁蟲！

崇　禎：溫愛卿，你和周愛卿都是朕的骨肱之臣。你二人要同心協力才是。

溫體仁：微臣生平最恨結黨營私，況且這萬曆，天啟兩朝受害最深。微臣寧可做一葉孤臣，也不屑做某個黨的黨主席。

崇　禎：好，溫愛卿，說的好說到朕的心侃上去了。

曹化淳：皇上，周大人已在殿外等候多時，要不要？

崇　禎：狗奴才（對王承恩），你擋著他做啥？他不會自己進來嗎？

王承恩：奴才該死，奴才這就去叫周大人快進來。

周延儒：臣周延儒叩見皇上。

崇　禎：愛卿平身！

溫體仁：（看了周一眼）周大人，這麼晚了，難倒你也有事情要向皇上奏報。

周延儒：正所謂食君之祿擔君之憂，皇上睡不著，我周延儒怎麼能先睡呢？我來此是擔君之憂的。想必溫大人，您也是一樣吧！

溫體仁：多謝周大人的抬舉！溫某恨不得現在領兵出戰，朝廷又何必去求那祖大壽呢！

周延儒：講到這祖大壽，溫大人可有什麼計策讓他再次入關以解關內四城之圍呢？還是您真的要領兵出戰。

崇　禎：對呀！溫體仁，朕現在可以命你為兵部尚書統領京城內外各鎮勤王兵馬與韃子的八旗軍決一死戰！

溫體仁：皇上，皇上（惶恐著急），如今朝野內外都在盼著祖大壽再次入關。臣覺得皇上還是要再給祖大壽一個將功贖罪的機會。

周延儒：皇上，溫大人不要這個兵部尚書，那就讓老臣來替皇上完成這個使命！溫大人，您不要這個兵部尚書，全京城不怕死的人排隊要這個兵部尚書的人多的是。出來混就不要怕死嘛！

溫體仁：周延儒，你！！！

王承恩：二位大人不要吵了。皇上，奴才同錢大人去刑部大牢見了袁崇煥。

崇　禎：狗奴才，怎麼現在才向朕稟報。

王承恩：奴才該死！奴才該死！（跪下求饒）。

崇　禎：該死！你該死一千次了！說！朕要他寫給祖大壽的信他寫了沒有？

王承恩：回皇上的話，他寫了。

周延儒：皇上，是否記得袁崇煥在平台應對的時候，曾經說過願以性命連坐擔保他手下的三位總兵祖大壽，何可綱，趙率教。袁崇煥與他們三人都是生死之交。臣以為只要是袁崇煥修書，祖大壽一定會再次入關的！

崇　禎：看來這袁崇煥就算關在刑部大牢裡也照樣能號令三軍。他寫了，這不是朕想要聽到的答案。朕以為他下獄後會有所收斂，沒想到依然放肆！（憤怒大聲）。他與朕議餉從來

沒有手軟過，朕是飭令戶部各衙門到處給他籌錢發糧餉。戶部一年的歲銀是二千萬兩銀子，他袁督師一年要花一千萬兩。全天下都在盼著他袁督師勦滅滿州韃子。結果呢？韃子不但愈勦愈多，還打到咱家門口來了。朕倒要問他袁崇煥，為什麼有負朕及天下百姓所托？難道他是官做的不夠大，還是錢花的不夠多呢？

溫體仁：皇上息怒，皇上息怒！

周延儒：皇上，朝中能領兵作戰的文武全才多的是，皇上犯不著為了一個袁崇煥動氣而傷了龍體。

溫體仁：關於袁崇煥通敵之事？

崇　禎：朕不信！朕對他如此恩寵，他還要和滿州韃子聯手加害於朕，朕不信！讓他下獄就是要他對自己的狂妄自大有所反省！

周延儒：皇上，遼東前軍監軍太監馬公公已經回京了。皇上可以親自問馬公公到底他聽到了什麼？

溫體仁：既然如此，臣以為聽聽倒也無妨，這馬公公可是皇上身邊的人。

周延儒：皇上？

崇　禎：傳他進來吧！

小太監：皇上有旨，傳遼東前軍監軍太監馬六覲見！

（馬六上）

馬　六：皇上阿，您可給奴才盼到了。奴才駐在關外朝思暮想的就是儘快回到皇上身邊侍候皇上。

崇　禎：狗奴才！你不在城外抗戰犧牲為朕盡忠，反而在此苟且偷
　　　　生。你還有臉來見朕嗎？

馬　六：奴才該死！奴才該死！

崇　禎：抬起頭來說話！

馬　六：謝皇上不殺之恩！

崇　禎：朕的馬呢？那些全是波斯進貢的阿拉伯名駒。

馬　六：回皇上的話，全被袁崇煥給跑死了。袁崇煥這次為了火速
　　　　回京與韃子皇太極會師，日夜不停急行千里，就算是關雲
　　　　長的赤兔馬也受不了這種操勞。

崇　禎：放肆！袁崇煥，朕御賜你西域名馬，你竟然不知道珍惜！

溫體仁：皇上息怒，皇上息怒！

周延儒：皇上，這宮內御馬監好馬還多的很，皇上犯不著為了幾隻
　　　　畜牲而大傷元氣。

崇　禎：放肆！就算是朕養的畜牲，誰要傷了他們，朕一定不饒！
　　　　說！狗奴才！你到底聽到了什麼？如有半句虛言，朕必誅
　　　　你九族！

馬　六：回皇上的話，十二月初八已時我軍駐在廣渠門外，韃子八
　　　　旗軍正黃旗前鋒部隊向我軍發動了一波又接一波的衝
　　　　鋒。我軍中軍被韃子像是海浪般的衝鋒衝散了，奴才也因
　　　　此被俘了。奴才被俘後才知道原來那袁崇煥和皇太極早就
　　　　訂下密約，要合兵安定門要脅朝廷。

崇　禎：放肆！馬六！你被關押在韃子行營大牢，如何有機會得知
　　　　此等軍國大事！

馬　六：回皇上的話，因為奴才告訴韃子，奴才在軍中只是一個養
　　　　馬的太監。因為肚子餓所以四處找東西吃才會誤闖敵營。
　　　　韃子的一位參將對跑馬很有興趣又覺得奴才只是一個養

馬太監不值得五花大綁嚴密看管。索性把奴才鬆了綁聊起他的馬來了。他說他的馬只愛洗澡又愛乾淨。奴才告訴他摸摸馬的脖子親親它的耳朵，他的馬會更聽話。這位參將很高興當晚和奴才喝了好幾杯。從他娘胎出生起一直聊到他從軍，入關，與我軍接戰。最後，他醉醺醺的說反正到時候你們的袁督師會與我們的皇太極合兵安定門要脅你們的崇禎皇帝訂定城下之盟。不如，我先放你回去，幾天之後兩軍會合，你還是得回去的。於是乎，奴才辭謝這位參將拔腿向京城狂奔。

崇　禎：放肆！（憤怒站起）馬六，你什麼時候學會說滿州女真話的？你說漢語，韃子的參將說滿州女真話，你二人如何徹夜長談？再者你說了，韃子的參將當夜喝醉了。這醉漢之言可信嗎？

馬　六：皇上息怒，皇上息怒！（哭訴）奴才跟了皇上這麼多年，奴才就只知道為皇上盡忠，誅九族不足惜也！奴才的老家也沒有什麼人了，皇上就是奴才最親的人了。奴才知罪，奴才方才把話說的太急了，但請皇上恩准讓奴才把話說完。

崇　禎：狗奴才！繼續說！

馬　六：皇上，或許有所不知，由於投降韃子的漢人日漸增多，韃子除了滿州，蒙古外，最近又增加了漢軍八旗。與奴才交談的就是一位漢軍八旗的參將。剛開始奴才聽到這位參將說袁崇煥與皇太極訂有盟約，奴才也不信，奴才以為這個參將喝多了在酒後胡言亂語，所以，反駁了這位參將的話。這位參將說雖然他腦袋有酒精，但是神志還是很清醒的。奴才不信，所以在地上畫了一條直線，這位參將居然

70

可以筆直的走過。這位參將接著說，如果袁崇煥與皇太極
未定盟約，皇太極應該直撲袁崇煥把守的關寧防線。為什
麼要捨近求遠，繞過袁崇煥的關寧防線，勞師動眾從西側
防線向京師突擊呢？

崇　禎：那現在皇太極退兵之事！狗奴才！你又做何解釋？

馬　六：這個奴才就真的不知道了。

崇　禎：快說！狗奴才！

溫體仁：皇上，兵不厭詐！這皇太極，他是真退，還是假退呢？如
　　　　果真退皇太極應該是大軍徹回他的盛京，為什麼韃子到現
　　　　在還盤據永平，遵化，灤州，遷安四城而不退呢？所以，
　　　　京畿督師孫承宗才會奏請皇上，要袁崇煥修書一封召祖大
　　　　壽再次入關合圍皇太極。

崇　禎：（站起不穩欲昏倒狀）馬六，朕知道了，你先下去！

馬　六：奴才告退！

王承恩：皇上，要不要奴才傳太醫！

崇　禎：不必！朕還頂的住！

溫體仁：皇上，微臣早就看出來，那袁崇煥是野心勃勃。皇上御賜
　　　　正一品的大員，他還嫌不夠呢，屢屢向朝廷要糧要餉。現
　　　　在（看崇禎的反應而停頓下來）？

崇　禎：夠了！

周延儒：皇上，臣早就說過袁崇煥的五年還遼計劃是在威脅朝廷。
　　　　再說臣懷疑為什麼袁崇煥前軍一到了廣渠門，韃子八旗的
　　　　左翼也尾隨就到。難道（看崇禎的反應而停頓下來）？

崇　禎：夠了！（大怒）重用袁崇煥難倒是朕的錯嗎？

溫體仁：皇上息怒，皇上息怒！是那袁崇煥有負皇上及天下百姓
　　　　所托！

周延儒：皇上，溫大人所言即是，臣早就說過袁崇煥貴為一品大員
　　　　督師薊，遼，萊，登，通五鎮軍務，還誇下海口要五年還
　　　　遼。爾今韃子不但打到咱們家門口還陳兵關內四城不退。
　　　　如今更是厚顏無恥硬是要皇上出面，他才肯修書一封召祖
　　　　大壽入關。這京畿督師孫承宗還請不動比他小一級的總兵
　　　　祖大壽呢！

溫體仁：皇上，周大人所言即是，祖大壽是吃的皇糧，領的是兵部
　　　　的餉銀為什麼堂堂京畿督師孫承宗居然請不動他而要聽
　　　　一個關在刑部大牢的通敵欽犯袁崇煥擺佈？耐人尋味阿！

崇　禎：袁崇煥在遼東經營多年而且貴為當朝一品大員，殺他恐怕
　　　　會動搖整個遼東駐軍的士氣影響天下士子民心。這不行！
　　　　朕得和皇后和嘉定伯商量商量！

溫體仁：皇上，以袁崇煥在遼東駐軍的影響力看來，這事事不宜
　　　　遲。否則等到祖大壽屯兵關內四城不退，或者進一步要求
　　　　要進京見袁崇煥。這事可就不好辦了。

周延儒：皇上，溫大人說的對！眼下應該先解燃眉之急再說。常言
　　　　道最怕是尾大不掉呀！

崇　禎：那以後誰來接袁崇煥兵部尚書呢？

溫體仁：皇上，微臣以為洪承疇，洪大人可以擔當這個重任。洪大
　　　　人是萬曆四十四年進士又知兵法。這幾年在三邊練餉勦寇
　　　　成效卓著。這次韃子來圍洪大人也出力不少。

崇　禎：朕明白這個洪承疇，既然如此，你們用心去辦行了。先下
　　　　去吧！

（周延儒，溫體仁下）

王承恩：皇上，奴才看這個周延儒攻於心機不是什麼好東西，反倒是袁崇煥做事很乾脆不繞圈圈。奴才以為殺袁崇煥的事，皇上還是要三思而後行。

（背景音效：掛在御書房的西洋自鳴鐘噹噹做響）。

崇　禎：（看了一下西洋自鳴鐘自言自語）晚上十一點了，王承恩，叫在側門等候多時的楊嗣昌進來吧！

王承恩：皇上，夜深了，要不明天再傳楊大人。

崇　禎：狗奴才！你看得懂西洋時間嗎？你既然看不懂，怎麼知道是夜深了？

王承恩：皇上，奴才聽說西洋時間過的比較慢。

崇　禎：狗奴才！你懂什麼？這西洋擺鐘是當年西洋教士湯若望進貢獻給皇兄的，欽天監徐光啟不是還在跟他學習如何編修曆法嗎？還愣在那兒做什麼？還不快去請楊嗣昌來見朕！

王承恩：奴才遵命！（王承恩下）

（楊嗣昌拿出袖口中的五百兩銀票要給王承恩，王堅持不收）

楊嗣昌：謝公公！公公來日有所需再告之楊某，楊某定為公公準備。

王承恩：行了！楊大人，您快進去吧！不要讓奴才又要挨罵。

楊嗣昌：謝公公！

小太監：宣府大同總督楊嗣昌覲見！

楊嗣昌：臣楊嗣昌叩見吾皇萬歲萬萬歲！

崇　禎：（走下龍榻）愛卿快請起！王承恩賜座！（語畢王承恩拿了一個軟墊）。

王承恩：楊大人，這邊請。

崇　禎：愛卿對當國事很有自己的看法，你給朕上了幾次折子，朕都看了。愛卿，學富五車，所言多有匡正時事敝病，端正人心之用，甚得朕心，朕心甚慰！

楊嗣昌：皇上，攘外必先安內，臣以為這中原流寇的根源不除，朝廷無一日安寧，終將成為大患，歷朝歷代如此，皇上不可不防阿！

崇　禎：朕很想聽聽你那三月滅寇計劃，你給朕再說一說吧！

楊嗣昌：承蒙皇上恩寵，臣這就向皇上稟報臣的三月滅寇計劃。臣要自任兵部尚書節制三邊總督洪承疇，湖廣總督熊文燦親自坐鎮襄陽以四正六隅十面張網將流寇層層包圍，然後逐漸縮小包圍圈，讓那流寇無所遁形，就地等死！

崇　禎：那四正六隅是指？

楊嗣昌：四正為陝西，河南，湖廣，秦淮，而六隅為延綏，山西，山東，江浙，四川，江西。皇上，為了製作這張大網，臣要增兵十萬增餉六百萬兩，不知戶部嘉定伯那兒是否會有意見？

崇　禎：既然如此，愛卿，你速去襄陽赴任吧！朕自會為愛卿催促戶部盡快將所有十鎮邊軍的餉銀準備好。愛卿安心上任吧！

楊嗣昌：皇上？

崇　禎：不要擔心嘉定伯，朕自有辦法！

崇　禎：等一下，杜勳，你到後宮教坊挑幾個最好的樂師隨楊大人一起去襄陽大營。

杜　　勳：奴才遵命！

王承恩：皇上，田國丈最近問奴才，那秦淮八艷之首陳圓圓目前就
　　　　住在田府，要不奴才帶她進給皇上瞧瞧？聽說那陳圓圓
　　　　貌似天仙唱起小曲號餘音繞樑三尺不絕於耳號稱江南一
　　　　絕呀！

崇　　禎：不必了！朕現在沒有這個心思，朕現在要的是安邦定國的
　　　　大臣。你叫田國丈不要在這方面再費心思了。

王承恩：奴才遵命！

崇　　禎：愛卿，你遠在襄陽大營，生活也需要調劑，朕每日宵旰勤
　　　　勞，那有時間玩賞樂舞。杜勳是朕身邊的人，有了他幫你，
　　　　你與宮中的聯繫也可以方便一些！

楊嗣昌：臣叩謝皇上御賜歌妓！臣為報皇恩赴湯蹈火再所不辭！

（御書房區燈漸暗，刑場區燈漸亮）

背景音效：擊鼓聲。（飾袁崇煥的演員從觀眾席上被錦衣衛押著走
　　　　上舞台，然後被錦衣衛按著跪下。因為是凌遲處死，劊
　　　　子手用小斧頭一次又一次的砍向袁崇煥的身體，袁的身
　　　　體這時滿身是血，袁雖痛苦但始終胸膛挺立不倒。觀眾
　　　　席中有飾演京城百姓的演員在高聲叫喊「打倒袁黨」。
　　　　此時舞台上站滿了手持東廠大旗的錦衣衛，舞台另外一
　　　　頭錢龍錫，韓爌被錦衣衛銬上木枷，頭低低的從舞台橫
　　　　過）。

（燈漸暗）

75

## 第十五景　陝西商洛山中

（上舞台區出現二個人影一個是李自成一個是高迎祥。註：這部份
的戲可以以皮影戲的演出方式來呈現軍帳中密談的氣氛，既然是皮
影戲，燈光在劇本中不做建議）

李自成：大哥，你此去攻打西安城一路要小心！

高迎祥：老二，俺闖蕩江湖多年，官軍不可怕，可怕的是人心，你
　　　　他媽的愈倒楣的時候愈要注意。幾兩銀子就會要了你的小
　　　　命，所以，你得想法子去明白你跟前的人跟你是不是一個
　　　　心的。記住，人是會變的要隨時懷疑你跟前的人，俺一生
　　　　最屌的事就是交你這麼一個講義氣的兄弟。以前的人常常
　　　　說一諾千金，義氣是全天下買不到的東西。

李自成：大哥？

高迎祥：老二，俺以前不知道死這個字怎麼寫，最近，染了風寒病
　　　　了這麼久，俺這會兒發覺俺好像是孤伶伶的一個人。你是
　　　　俺的好兄弟，俺若是見了閻王，你一定得幫俺送終給俺敬
　　　　一杯酒！

李自成：大哥？

高迎祥：老二，俺如果有什麼不幸，俺的那些兄弟都交給你了。俺
　　　　看見了你再怎麼苦，男女老幼在你隊伍裡是一個都不少，
　　　　誰也沒落隊。就憑這一點俺闖王的位置你給頂著，你小子
　　　　行的！這崇禎皇帝的老祖宗朱元璋當初也是從一槍一馬
　　　　開始搞起，俺看準你比這朱元璋也不差，你小子一定能搞
　　　　出一番局面，因為你比俺更懂的怎麼造反。

李自成：大哥？

高迎祥：咱兄弟倆不要說那麼多，乾了這杯酒！

李自成：乾！

（上舞台皮影戲結束）

背景音效：老鷹的叫聲。

（老鷹在舞台上盤旋。註：這個部份的演出可運用道具技術來呈現老鷹在舞台上盤旋的飛行景象）

（劉宗敏，李岩，李三，紅姑及一股闖軍士兵坐在下舞台）

（李自成上，下舞台區）

李自成：（面對觀眾獨白）唉！自從俺繼承這闖王封號後日子就沒有一天安寧，整天被孫傳庭，洪承疇兩個王八旦從屁股後面追著跑，好像俺欠他們幾千萬兩銀子似的。再往前跑恐怕就要沒路了。這會兒凡是名叫闖王的似乎都得倒楣似的，各位看倌要不信！俺的拜把大哥高迎祥已經在被押往京師的路上了。來看看俺的兄弟們怎麼了。（走近劉宗敏）老二，最近兄弟們的士氣如何？

劉宗敏：大哥，咱要跑到什麼時候，再跑就要登頂了。還差個二十丈就是山頂了。

李　三：大哥，咱躲到山頂上就沒事了嗎？這山頂簡直寒氣逼人，又無牆瓦遮風避寒，由其是一大早起來的霜。官軍不上山來抓咱們，咱們自己遲早也得投降呀！

紅　姑：大王，咱們爬的愈高寒氣愈重，唉，真是可憐了老人和小孩了。現在咱們斷了糧，很多老人小孩一早上起來都凍死了。

李　三：幾天都沒有糧吃了，這種天天吃草根的日子咱們還能捱多久？大哥，俺看咱還是早點接受朝廷的招撫吧！

劉宗敏：大哥，俺的五臟廟已經好久不知那米麥的味了，狗娘養
　　　　的，每天吃草根屎拉出來都是青色的！

（此時闖軍士兵當中要求接受招撫不要再吃草根的聲音此起彼落）

紅　姑：大王，既然大家都這麼說了，這接受招撫的事，大王還是
　　　　儘快做個決定吧！以前咱們不也接受朝廷招撫過好幾次
　　　　嗎？只要低頭忍一忍還不就這樣捱過來了。

李自成：兄弟們安靜！大家都餓了，紅姑，你先下去把俺的青龍駒
　　　　宰了煮給兄弟們吃！天大的事，兄弟們咱們先填飽肚子再
　　　　說！等兄弟們填飽了肚子，關於招撫的事，本王一定會給
　　　　各位兄弟們一個交代！

紅　姑：是，大王，妾身這就去給各位兄弟準備野菜馬肉湯。

李自成：快去吧！兄弟們等不及了。（紅姑下）

劉宗敏：大哥，這青龍駒跟了您十幾年了，您這又何必呢？

李自成：老二，跟了俺十幾年它畢竟是個畜牲，而你們大家是俺闖
　　　　王刀光劍影下共患難的兄弟。

李　岩：大王，看來這楊嗣昌的四正六隅十面張網的策略是奏效
　　　　了，層層包圍像是包牛肉餡餅似的咱十大王誰也出不去，
　　　　現在高迎祥被俘，張獻忠，羅汝才投降，只剩下咱們還躲
　　　　在這深山中拒不接受招撫，大王對接不接受招撫還是沒有
　　　　拿定主意，不如……（走向李自成交頭耳語）

（李嚴向李自成使了一下眼色然後下）
（李過／李雙喜上）

李　　過：叔，不好了，上山豹和遁地鼠帶著他們的手下二百多人下山去投官了。

李雙喜：爹，他們還帶走了最後一麻袋的大豆。

劉宗敏：他媽的這幫傢伙是狗娘養的！大哥，讓俺帶著弟兄追他們去！

李自成：老二，不必！咱現在剩下不到二百人，就算追到了又怎麼樣呢？天要下雨娘要嫁人，由他們去吧！

劉宗敏：大哥！

李雙喜：（拉住劉宗敏）對呀！宗敏叔，你去了也不是他們的對手。

李自成：老二，咱從河南出來的時候有十萬之眾，現在不到二百人。俺想這桌麻將俺是輸了。願賭服輸，俺輸的不只是老婆，地盤，可能這次是要輸掉俺的性命！

劉宗敏：（拔刀示威）俺就不信！

李自成：老二！（大怒）你的老毛病老是改不過來。無論是天大的事咱也得保持冷靜！

劉宗敏：大哥，俺聽你的就是了。

李　　三：大哥，你是知道的當初，俺當初在官府幹雜役幹的好好的，還不是為了江湖道義和你們這幫朋友出來闖。李秀才當年給咱們說了一個指鹿為馬的典故。現在咱們輸了就是寇不是王，別說是指鹿為馬了，要指腹為婚都很難了。能不能活到俺的兒長大成人，俺現在也沒有把握。不如這樣吧！咱兄弟分頭去逃命去吧！

劉宗敏：（抓住李三）老三，你他媽的狗娘養的！當初咱與咱大哥在關老爺面前發誓義結金蘭就是要有福同享有難同當，現在沒飯吃了就不認兄弟了？怕什麼！殺人不過頭點地，十八年後又是一條好漢！

李　三：大哥，當初俺是沒飯吃才跟著你出來闖，聽說朝廷要派欽
　　　　差大人開官倉賑濟災民。念在同族兄弟的份上，你讓俺回
　　　　去做一個良民吧！

李自成：老二，讓老三去吧！你們還有誰想下山投靠官軍的可以跟
　　　　三當家的一起走。老二，咱們嘗過山珍海味，坐擁過各式
　　　　美女，住過豪宅大院，有這樣的人生已經足夠了。俺如果
　　　　沒有出來闖，可能每天還在為一日三餐而煩惱奔波吧！天
　　　　下沒有不散的宴席，現在閻王要請俺吃飯俺不能不去嗎？
　　　　你們就拿俺李自成的人頭去向洪承疇請降接受招撫吧！
　　　　這樣或許兄弟們都能有一條活路走！

劉宗敏：大哥！這種出賣兄弟的事老子絕不幹！要招撫咱兄弟他
　　　　媽的一個都不少的接受招撫，要拼命咱兄弟一個都不少的
　　　　一起拼命！咱倆義結金蘭講的就是一個「義」字。

李自成：老二，都到了這一步，你還講一個義字，俺做大哥的很感
　　　　動。可是，你我都應該很清湛，肚皮子是不講禮義廉恥的。
　　　　咱不也被官府招撫了好幾次，記得在車廂峽那一次，俺頭
　　　　低的都快舔到那個不可一世的總兵陳奇瑜的腳趾上了。為
　　　　的是什麼？還不是俺那餓的咕嚕咕嚕叫的肚皮子！

李雙喜：爹，可是，咱們出了車廂峽後就沿路招募饑民，聚眾十萬，
　　　　不久就打下了鳳陽府，還掘了朱家的祖墳。那崇禎皇帝為
　　　　此還特別詔告天下發出了罪己詔呢！

李自成：雙喜，好漢不提當年勇，那些都已經是過去了。這個洪承
　　　　疇可不像陳奇瑜那麼好對付。洪承疇一不要錢二不貪功三
　　　　心狠手辣，咱屢戰屢敗。現在，咱剩下不到二百人連談招
　　　　撫的條件都沒有了，況且，官軍已經上當一次，那陳奇瑜
　　　　已經丟了官，洪承疇這次絕對不會再上當的。雙喜，不要

說那麼多了（解下腰帶）。來，幫爹把這一條帶子栓在後面那棵樹上吧！

李雙喜：爹！（哭泣）

李自成：雙喜，快去！你宗敏叔剛才說了，爹十八年後又是一條好漢！不要哭！要死的像一個漢子！

劉宗敏：大哥！你不要死！後面那棵樹留以後有需要的人用吧！

李　過：對呀！叔，俺看那樹也不怎麼牢靠，你就不要試了。

眾　人：（跪下）大王！

李自成：各位兄弟，俺李自成也不想走這一遭，窮途末路，俺不自己來，你們之中也會有人在俺被後插一刀，然後去向官府領取重賞。俺在江湖混了這麼多年，這種事小弟出賣大哥的事俺見多了（語畢引頸上吊）。


背景聲音：打雷下雨。


劉宗敏：操，這個鳥地方，平常烈日當空滴水不下，現在俺大哥要去見閻王了，都這個時候了你他娘的下什麼雨！真他媽的是天要下雨，娘要嫁人一切由不得咱們。

李雙喜：爹呀！您一路走好了（哭訴）！

劉宗敏：（流淚）這是第一次俺見到俺大哥哭阿！

李　過：叔阿，姪不送您了。


（特效：突然天際變色，一個巨大人影出現在山頂）


眾　人：有妖怪，有妖怪呀！

人　影：剛才是誰說你他娘的下什麼雨了？是誰在污辱本山神？

眾　　人：山神？

李　　過：二當家，俺記得咱剛入山的時候，山底的老百姓跟咱說過這山裡有山神，要咱初一十五殺牛宰羊給拜拜！

劉宗敏：他娘的！什麼山神？一定是洪承疇派來裝神弄鬼的要嚇咱的！

人　　影：劉宗敏，看來你這個殺千刀的真的是人殺多了連神鬼你都不怕了！

劉宗敏：老子怕啥！老子連造反都不怕了，怕你一個山神，操！你能把老子怎麼樣？（語畢頭頂馬上起火）咦！老子頭頂怎麼發燙！

李雙喜：二當家，你的頭頂著火了！

劉宗敏：（用力撲滅頭頂的火苗，然後跪下）山神饒命！山神饒命！罪民劉宗敏出山逃過此劫後一定殺牛宰羊來祭祀山神本尊阿！

人　　影：劉宗敏，你這等刁民就是不見棺材不掉淚！

劉宗敏：山神教訓的是呀！罪民劉宗敏受教了。

人　　影：今天是真龍本尊有難，我山神能不出來幫他嗎？劉宗敏，你自己想想你死裡逃生幾次了。就是因為你隨侍在真龍本尊身旁，才能逢凶化吉。還不快向真龍本尊跪下！

劉宗敏：（猶豫不決）真龍本尊是？

人　　影：你說呢？難道是你嗎？

劉宗敏：（笑了一下）是？

人　　影：你的本尊是一隻熊！當今闖王才是真龍本尊！還不快向當今皇上跪下稱臣！

眾　　人：吾皇萬歲，萬歲，萬萬歲！

（人影逐漸消失）

李　過：雙喜，快將你爹抱下來！俺叔是真龍化身，俺叔現在不能
　　　　死阿！（眾人將李自成抱下）。

李自成：（氣喘如牛對李雙喜說）好孩子！好孩子！

李雙喜：爹，您先喝口水，休息一下！

李　三：大王，俺有眼不識真龍本尊，請大王原諒三弟我方才的胡
　　　　言亂語（跪下）。

李自成：老三，說這話見外了，咱都是姓李的雖不是親兄弟但胳臂
　　　　總不會向外彎向那姓朱的吧！其實您年紀比俺大又是俺
　　　　小時候的玩伴，俺一直在心裡把您當大哥。等一下紅姑把
　　　　馬肉湯煮好，您就先喝上它一碗先解解寒。

李　三：大哥，您如此體恤俺李三俺真是辜負您了！

李自成：不要說誰負誰，今天還留在這裡的兄弟每一個都是好樣的！

李　三：大哥（哭泣，緊握李自成的手）！

劉宗敏：大哥，您真不能死阿！方才這山裡的山神顯靈了告訴咱們
　　　　大家，您是真龍本尊到人間就是要做皇上的！

李自成：唉！什麼皇上不皇上的，俺只想死一了百了，你們救下俺
　　　　來做啥？不要說那麼多了，既然老天爺不要俺死！俺就再
　　　　把這個闖王幹一會兒吧！也許咱命夠硬能捱到那洪承疇
　　　　比咱先死。

李　過：（拿出「古元真龍皇帝的大旗」）叔，這面旗幟才是該
　　　　您的！

李自成：臭小子，你從哪兒弄來的？

李　過：闖王中軍大營裡。

李自成：有道是樹大招風，豬怕肥，你們大家伙真要俺比那洪承疇先死嗎？

李　岩：大王，也該是咱們樹立旗幟招覽人心的時候了。

劉宗敏：怕什麼！大哥，方才山神說了，您是真龍本尊，咱兄弟們以後都要跟著您一起榮華富貴呢！

李雙喜：爹，山下有一位官軍向咱們投誠。

劉宗敏：他腦子有問題呀！咱這缺糧缺水的，他這會兒跑來這兒做啥？

李自成：人多好辦事！雙喜，傳他過來吧！

李雙喜：（向外高喊）帶俘虜見大王！（牛金星被闖軍民兵架上）。

民兵Ａ：見了闖王還不跪下！

民兵Ｂ：他娘的，你是跪還是不跪！


（李岩上）


李　岩：噯呀，牛兄你總算給我盼來了。

劉宗敏：李秀才，這傢伙扭扭捏捏的像個娘們的樣子是你的兄弟？

李　岩：大王，我給您介紹一下，這位牛金星就是我李岩當年鄉試的同科。

劉宗敏：李秀才，你們那一科會不會全是這付娘們樣？（語畢眾人大笑）。

牛金星：各位綠林大哥們，我牛金星好不容易千辛萬苦找到這山窩窩裡來見咱的同科李岩，你們就這樣把俺綁著，肆無忌憚的嘲笑，像是官軍給朝廷獻俘似的。有道是盜亦有道，這做土匪也得講點道理吧！

李自成：既然是李秀才的朋友，雙喜快給這個牛金星鬆綁。

李雙喜：兒遵命！（替牛金星鬆綁）。

牛金星：謝大王！

李自成：牛兄弟，輕鬆一點，隨便找個地方坐吧！

牛金星：謝大王（席地而坐）！

李自成：牛兄弟，本王有所不解，你既然身為秀才為什麼要到官軍中做一個小卒。

牛金星：大王有所不知自從那楊嗣昌向崇禎皇帝提出四正六隅十面張網的戰略後，朝廷就開始重征勒餉，凡是納不起官府要的稅賦，輕者鞭刑加服徭役，重者沒收財產充軍。現在我牛某人什麼都沒了還要在軍中當這些官老爺的奴才。心裡愈想愈是不甘心。在下的同科李岩說過他在闖王帳下做事，遇到困難的時候可以去找他，於是在下下定決心要來投靠闖王。最近，在下所屬的一隊官軍就紮營在這山腳底下，在下經由同僚得知闖王就盤據在這山頂上，於是買通做探子的同僚換班冒死來投靠闖王。

劉宗敏：瞧你一付手不能提肩不能扛的娘們樣，你到我軍帳下能做些什麼？

牛金星：牛某自幼熟讀周禮，對典章制度禮儀很有研究。

劉宗敏：咱們營裡沒有什麼好祭祀的？況且咱們現在都吃不上糧了，吃草根你能忍的住？

李　過：叔，二當家說的對，咱們現在自身都難保了，那有時間招呼他一個手無縛雞之力的書生呢？

李　岩：大王，山神顯靈告訴了咱們大家這普天之下只有當今闖王才是真龍本尊天下共主！既然如此，那就一定需要懂得規劃典章制度制定宮中禮儀的人才，將來大王登基後才不會貽笑大方！

李自成：（大笑）哈哈！李秀才，言之有理！言之有理！

（紅姑端著一大鍋湯上）

紅　姑：兄弟們，大伙來喝碗野菜馬肉湯吧！（語畢闖軍士兵蜂擁
　　　　而上）。慢一點！慢一點！各位兄弟慢一點！（闖軍士兵
　　　　狼吞虎嚥的聲音）。

牛金星：大娘，俺也來一碗吧！俺三天沒有吃東西了。

李自成：（扶起牛金星）牛兄弟，委曲您了，待你我兄弟二人共創
　　　　大業後俺再請你喝湯中極品。

牛金星：大王，什麼是湯中極品。

李自成：人肉湯阿！怎麼你沒喝過阿！（大笑）哈哈！

李　過：叔，這位牛兄一介白面書生，那會理解大饑荒的時候人吃
　　　　人的世界阿！

牛金星：（喝了一口湯）嗯，這碗馬肉湯真是天下絕品，嗯好湯！

劉宗敏：廢話！俺大哥的青龍駒你敢說難吃，俺就宰了你！

牛金星：（恐懼）好喝！好喝！

紅　姑：李秀才，來，你也來喝一碗！

李　岩：謝夫人！

李自成：紅姑，你別顧著別人。你自己身體要緊，多吃一點！

牛金星：大王，如今中原三省又大旱，百姓流離失所加上官府又重
　　　　征稅賦，牛某認為這是大王東山再起的最好時機。

李　過：叔，這牛金星說得對！咱當初也是趁著連年大旱人人沒飯
　　　　吃的時候，打劫官府聚糧為兵。現在是咱招兵買馬東山再
　　　　起的時候了。

劉宗敏：對呀！大哥，咱現在衝出去再拼他一下！把上山豹和遁地鼠捉回來當眾扒皮煮湯吃！

李雙喜：爹，咱要告訴兄弟們咱當初可以打下了鳳陽掘了朱家的祖墳，咱現在也可以打下中原三省讓那崇禎皇帝發出第二道罪己詔！

李自成：李秀才，你的意思呢？

李　岩：大王，想當初咱在河南聚眾二十萬，為何眼前落得擠在這商洛山中啃草根吃呢？

李自成：李秀才，你這話說到俺的心侃上去了。俺也是百思不解阿（吸了一口煙）！

李　過：李秀才，不要給大家賣關子，你快說這到底是什麼原因！

李　岩：大王，咱有二十萬人但大多是為饑餓所逼的流民，並不是訓練有素的職業軍人。等旱災結束官軍大軍從各省調來，咱的人又開始做鳥獸散，周而復始，咱名為闖軍四處闖蕩，實施上與逐水草而居的塞外游牧民族沒有什麼二樣。沒有固定的城池，固定的行軍陣式，更不要說固定的生產建設。反觀那崇禎皇帝有京師百官為他出謀劃策，有江南各省取之不盡的賦收，還有海外貿易稱臣納貢流入戶部的白銀。套一句兄弟們都聽的懂的話，那崇禎皇帝好比一個賭本十足的莊家，任咱怎麼小賭小贏對他而言都是小菜一碟，動搖不了他的本錢。

李自成：所以李秀才的意思是？

劉宗敏：他娘的！咱來跟他賭個大的！

李　岩：二當家所言即是！

李　過：李秀才，咱現在只有不到二百人，這麼小的賭本咱怎麼跟他賭？

牛金星：傻的你們這幫老土！現在積欠官府納糧的百姓少說好幾
　　　　萬！官府每天這般催討他們能不造反嗎？我給你們想個
　　　　法子去把他們全都摳過來。

李　過：牛金星，你們這幫書呆子講的官話，那老百姓能聽的懂嗎？

李　岩：本人倒是有一計。

劉宗敏：他娘的！李秀才，你什麼計不靈，要是靈？咱還會困在這
　　　　山頂上嗎？

李自成：老二，不准對李秀才無理！

劉宗敏：是，大哥！

李　岩：大王，咱可以用小曲唱咱要做的宣傳。

李　過：李秀才，俺還不知道你會唱小曲呀！

牛金星：那有什麼！咱還會唱大戲呢！

劉宗敏：是呀！瞧你那付娘們樣，屁股扭的那個勁兒。

李　岩：大王，聽了，吃他娘，喝他娘，吃喝不盡有闖王。穿他娘，
　　　　住他娘，要穿要住有闖王。不當差，不納糧，開了大門迎
　　　　闖王。

李自成：（大笑）哈哈！李秀才，言之有理！言之有理！

劉宗敏：這下子俺可全明白了。

李　過：二當家，要是聽懂了，全天下的人都聽懂了。

劉宗敏：過，你莫笑俺，你比俺多識不了幾個字兒。

紅　姑：大王，李秀才這個主意很好。咱可以組一個戲班子每個村
　　　　每個鎮去唱去。

李雙喜：爹，咱娘說的有理，到時候咱又可以聚眾打劫官府增加咱
　　　　的賭本。

李自成：雙喜，你不懂李秀才話裏的意思就少插嘴。

李雙喜：爹，那李秀才葫蘆裡賣的是什麼藥？

牛金星：這位小兄弟，咱同科的意思是，咱必須要有一個長治久安之計，不能再這般毫無目地的打家劫舍。有了本錢咱應該自己做莊家，只有莊家是從來不輸的你懂嗎？

李自成：（大笑）哈哈！牛兄弟，言之有理！言之有理！俺賭了一輩子，到最後銀子還是全到莊家那兒去了，還包括俺那個賤人（吸一口煙）李秀才，你倒是說說咱這莊家要怎麼個做法。

李　岩：大王，既然做莊就要本錢雄厚，李某以為待我軍糧草兵丁到位後應首攻洛陽。

眾　人：洛陽？

劉宗敏：俺說李秀才，你嫌咱活的不夠長是嗎？洛陽城高一丈多，護城河又深又寬，城池上有大炮數百門，咱有多少兄弟可以去送死阿？

李　過：二當家，咱們以前都是攻佔小縣城，因為咱闖軍以步卒居多，又沒有攻城台樓全靠人搭著竹梯往上爬。官軍的火器營很厲害，咱的人只怕還沒把竹梯搭在城牆下靠穩，就個個成了炮灰了。

牛金星：大王不必擔心，牛某自有妙計！牛某只要黃金一百兩就可以讓洛陽城破。

劉宗敏：姓牛的，你他娘的要黃金一百兩做啥？難道你想搞什麼鬼？

李自成：（大笑）哈哈！老二，既然決定下注就不要三心二意，你懂嗎？進了賭場就不要怕輸。而且，這把局俺敢賭，俗話說最怕不按牌理出牌，咱知道官軍的牌路。

牛金星：大王，明白就行了。

劉宗敏：唉！去他娘的！管你們要賭什麼！不要拿俺劉宗敏的小命去下注就行了。

李　過：二當家，你的命根本不值錢！山神說了你的本尊是一頭熊。

（眾人大笑）

劉宗敏：我操！山……。裡的空氣！

李雙喜：二當家，再操，你的頭頂又要著火了！

李自成：（大笑）哈哈！老二，咱今天高興咱哥倆喝二杯！紅姑，
　　　　給兄弟們上酒！

紅　姑：是，大王！（拿出酒罈給闖軍將士一一上酒）。

李自成：（大笑）哈哈！李秀才，牛兄，老二，老三，過兒，大家
　　　　乾了這杯酒！來乾了！大哥，（望著北京的方向）你一路
　　　　走好了！老二給您乾了這杯酒！

（燈漸暗）


## 第十六景　平台慶功

背景音效：擊鼓聲，鐘聲，傳統樂器打擊樂。

（御林軍排成二列，擊鼓手排成另外二列，擊鼓手開始擊鼓，鼓聲
隆隆。）

（燈漸亮）

王承恩：皇上有旨，帶欽犯高迎祥殿前候審！

（御林軍押著高迎祥上，高迎祥上半身被木枷銬著）

楊嗣昌：高迎祥，大膽反賊！見了當今聖上你為何不跪？

高迎祥：俺又沒進過宮，俺那知道見了誰要下跪，怎麼個跪法？（語畢御林軍踹了高一腳然後飭令他跪下）。罪民叩見皇帝老爺，望皇帝老爺給罪民開恩！

崇　禎：既然自稱罪民，也就是知道自己錯了。高迎祥，你想怎麼個開恩法。

高迎祥：皇帝老爺可以撥給俺一些壯丁，俺幫皇帝老爺去到山海關外殺韃子將功折罪！

李建泰：看你一個大老粗還知道將功折罪這個詞。

高迎祥：（哭訴）皇帝老爺，俺自小讀書不多又吃不上飯，所以才會做賊的。請皇帝老爺高抬貴手讓俺幫皇帝老爺去到山海關外殺韃子將功折罪！

崇　禎：放肆！你這個罪民說的倒簡單，那你在鳳陽府殺的那二千條人命，污辱的宮女，掘了朕朱家祖宗的祖墳，這個債要怎麼還？殺你一千次還算便宜你了，來呀！帶下去凌遲處死曝屍菜市！有誰敢收屍下殮誅滅九族。（語畢御林軍要抓高迎祥抓不住）。

高迎祥：（掙脫木枷，奪了御林軍的配刀拿刀衝向崇禎）姓朱的老子跟你拼了！操！老子不但要了操你朱家的祖墳，老子今天還要跟你這個不知百姓疾苦假仁假義的狗皇帝同歸於盡！我操！老子今天要替天行道！

崇　禎：快來人阿！（崇禎與高迎祥繞著丹樨互相追逐）你們這幫臣子還不快救朕！（語畢王承恩，曹化淳等太監上前將崇禎團團圍住）。

王承恩：孩子們要挨刀，咱來替皇上挨刀（幾個小太監被高迎祥砍傷但並不倒下，還是將崇禎團團圍住。

（錦衣衛弓箭手上並開始向高迎祥放箭然後用繩索將高迎祥像套野獸一樣的套住，錦衣衛搬出木籠將高迎祥送進木籠。）

王承恩：孩子們做的好！抬出去不要讓皇上再受驚！

崇　禎：（驚魂未定）還是太監們和錦衣衛管用！

溫體仁：皇上受驚了！

崇　禎：（狠狠的看了周延儒一眼）是誰說要獻俘的？

眾　臣：（眾臣手指周延儒）是他！

溫體仁：周大人，你身為禮部尚書居然不知道這高賊武藝高強，能掙脫一百斤重的立枷反而堅持讓皇上冒著身命危險來舉行獻俘大典，還好有王公公一手調教出來的東廠錦衣衛，要不然……。

陳　演：是呀！周大人，你這也做的太草率了。

周延儒：溫大人，魏大人，周某一介文官，又沒有親赴戰場勦過流寇，周某那裡會知道高迎祥這個反賊有如此怪力？簡直像是山裡出來的野獸根本不像是個人。要知道這頭野獸的獸性，那溫大人應該要去問抓獲它的獵人而不是我禮部尚書周延儒阿！

洪承疇：周大人受驚了！這高賊是向本官請降的，所以，洪某並不知道這高賊竟有如此怪力。還請周大人見諒！

陳　演：啟稟皇上，臣以為這事與洪大人無關，像高迎祥這般反賊獻俘是抬舉他了，命邊軍一刀像狗一樣的殺了就行，何必勞師動眾一路押解一頭野獸到京害得皇上和諸位大人如此受驚（語畢眾臣開始私下議論紛紛）。

崇　禎：好啦！咱今天不想再討論這獻俘的事，朕召各位愛卿來還
　　　　另有大事要議。

周　奎：好啦！諸位大臣，皇上都已經說不討論這個議題了，請各
　　　　位大臣安靜下來好嗎？（語畢眾臣開始逐漸安靜下來）

崇　禎：諸位愛卿，朕剛接到祖大壽的六百里加急奏報，祖大壽在
　　　　奏報上說錦州被圍要求朝廷速派援軍到錦州解圍（語畢眾
　　　　臣開始私下議論紛紛）。

周　奎：諸位大臣，皇上在問你們的話，有意見請向皇上稟報不要
　　　　私底下議論紛紛。

溫體仁：皇上，楊大人是兵部尚書，這話應該由楊大人來回。

周延儒：溫大人，您這麼說就不對了！國家興亡匹夫有責，更何況
　　　　是咱們這些內閣大臣呢？有道是皮之不存毛將焉附，覆巢
　　　　之下無完卵，錦州一失，山海關就在韃子眼下，皇上，臣
　　　　以為朝廷當傾所有可用之兵去打這一仗。

溫體仁：周大人，既然如此，周大人可以領兵出關教訓那番首皇太
　　　　極，用不著在這裡義正嚴詞，假仁假義的，方才周大人不
　　　　是說了嗎，周某一介文官，又沒有親赴戰場勦過流寇，那
　　　　裡會知道高迎祥這個反賊有如此怪力？告訴你周大人，您
　　　　不知道的事還多著呢？

周延儒：喔是嗎？溫大人，我看是皇上不知道的事還多著呢？

溫體仁：那周大人，您今天倒是當著諸位大臣的面把話說明白了！
　　　　（語畢眾臣開始私下議論紛紛）。

周延儒：溫大人，周某等這一天很久了，你別以為買通內官壓著眾
　　　　臣的折子不發，皇上就可以不知道你結黨營私的罪行。那
　　　　你就大錯特錯了，咱們的皇上可是我大明開國以來最英明

的君主。皇天每天都要上朝，每天都要看折子，我看你貪贓往法的事實還能掩蓋多久？

溫體仁：周大人，當著諸位大臣的面，你說呀？

周延儒：啟稟皇上，從地方巡撫到京師六部內閣國子監都有人上奏皇上要彈劾溫大人，這還包括站在兒的所有大臣，他們不敢出聲由臣來替他們伸張正義！

崇　禎：楊嗣昌，洪承疇，李建泰。魏德藻，史可法，陳演，你們都給朕上折子了嗎？

史可法：啟稟皇上，臣身為都察院御史，凡在朝官員不論官銜職等，只要是藏匿不法，臣通通上奏報舉發。臣不但有要奏溫大人的折子還有要奏周大人的折子。

魏德藻：啟稟皇上，溫大人自任內閣首輔以來，在內勾結王公貴族內宮太監，對外賣官鬻爵官職論品計價。爾今，天下有很多士子讀書人要罷考今年的秋試。他們說功名既然可以用買的，那賣田賣地準備銀子給京師那位溫大學士送去就行了。十年寒窗可以免了。

崇　禎：（大拍龍椅扶手）荒唐！王承恩，那些彈劾溫體仁，周延儒的奏折呢！

王承恩：皇上阿（哭泣），奴才見皇上每晚御批奏折，夜不至三更不眠，所以，奴才想先擱在奴才這兒一會兒，過一陣子等堆積在皇上御覽台上的折子批完了，奴才才給皇上送過去。

崇　禎：狗奴才！你又誤了朕的大事了！你這個司禮太監怎麼當的！

王承恩：奴才該死！奴才該死！

魏德藻：皇上，現在，滿朝文武都在議論著溫大人和這內宮太監王
　　　　承恩就好比是當年的崔程秀和魏忠賢一樣，二人一內一外
　　　　狼狽為奸把持朝政！

崇　禎：爾等誤朕為天下士子讀書人所指！（站起不穩欲昏倒狀）

眾　人：皇上！

王承恩：皇上，要不要奴才傳太醫！

崇　禎：不必！朕還頂的住！

周延儒：皇上，除了天下各地官員監生的折子，西廠太監曹公公也
　　　　有本要奏。

崇　禎：那東廠的奏報呢？

周延儒：皇上，東廠是王公公在使喚的，難道他會自曝其短嗎？

崇　禎：曹化淳！

曹化淳：奴才在！

崇　禎：把你西廠收集的材料給朕看看！

曹化淳：奴才遵命！（從胸口衣領中拿出一張寫了密密麻麻毛筆字
　　　　的宣紙）皇上，您瞧！這是西廠探子從皇宮內院到市井街
　　　　坊，從王公大臣到販夫走卒那兒所收集溫體仁在朝廷內外
　　　　密謀結黨企圖造反的奏報，奴才全給謄在這張紙上了。

崇　禎：反了！你們二個！想不到朕除了閹黨，袁黨，現在又來了
　　　　一個溫黨，什麼寧可做一葉孤臣，也不屑做某個黨的黨主
　　　　席，全是昧著良心說的假話。溫體仁，王承恩，朕待你們
　　　　不薄，難道你們真想弒君篡位嗎？

溫體仁／王承恩：皇上饒命！皇上饒命！

周　奎：皇上，西廠的奏報有可能是拼湊剪輯而成，溫體仁，王承
　　　　恩，他們二人平時是仗持這皇上的寵信，可能在言語上顯
　　　　的咄咄逼人得罪了朝中與他們不同道的大臣和內官們，老

臣以為他們二人不是真的有心要造反，尤其是王承恩，方才那反賊高迎祥要行刺皇上，王公公奮不顧身和所有內官太監以肉身為皇上護駕，念在上天有好生之德，老臣請皇上免了他們的死罪。

周延儒：嘉定伯，聽您這麼說，該不會也是與王公公溫大人是一黨的吧？

陳　演：周大人，不要得理不饒人，寬恕也是一種美德。嘉定伯這麼說是要進諫皇上馭下以德，而非事事要重用典章刑罰。

崇　禎：陳愛卿說的好！周延儒，你雖舉發溫體仁結黨謀反有功，但不能進而對皇親嘉定伯無禮，得理不饒人。

周　奎：皇上，老臣一心為國，斷不會為了一隻野狗在公堂上亂吠，而失一個為人臣子上朝議政該有的禮儀和風度。

周延儒：皇上聖裁，皇上聖裁，嘉定伯海量就當周某方才所言為野狗亂吠不值得一提，野狗亂吠不值得一提。

崇　禎：（長嘆了一口氣）王承恩，你一個朕信王府出來的小奴才，量你也不會有魏忠賢那麼大的本事能呼風喚雨左右廢立。

王承恩：皇上聖斷，皇上聖斷，奴才一定是蒙受皇恩遭人所妒嫉，所以才會被人設計而無力反擊呀！只要皇上不殺奴才，奴才一定會用時間去證明自己的清白。

崇　禎：有道是無風不起浪，狗奴才，你一定是得意忘行，持寵而驕，而不知收斂才會為朝中眾臣所妒嫉。念在你真除閹黨有功，又跟了朕快三十年。朕就罰你打五十大板後再發配尚寶監當差官降三品，從六品內官做起吧！你司禮太監的差以後由曹化淳來當吧！

王承恩：奴才謝主隆恩！

崇　禎：來人阿！帶下去用刑（王承恩被御林軍帶下）。

周延儒：皇上，至於那溫體仁密謀結黨企圖造反的事要如何處置？臣以為西廠的奏報字字句句可信，臣不認為西廠的探子們敢捏造奏報，這可是死罪一條阿！

周　奎：周延儒，你這是要與老臣在公堂上頂著幹嗎？

周延儒：嘉定伯，微臣不敢，臣只是一隻在公堂上亂吠野狗，臣豈敢在公堂上反駁皇親國戚的意見。

周　奎：哼！量你也不敢！

崇　禎：溫體仁，朕念在你揭發袁黨有功，又是太子太保，嘉定伯又替你求情的份上，你就到吏部告退吧！從明天起，你可以不必再上朝了。

溫體仁：（哭泣）謝主隆恩！皇上，微臣隱避鄉野不要緊，微臣是擔心皇上身邊有小人常進讒言誤了朝政，皇上要明辨忠奸，對臣子之言要慎思慎慮才不會讓忠臣受冤奸逆當道阿！微臣最後要說的是臣的確有賣官鬻爵官這回事，那周逆小人就是微臣的同夥，微臣與那周逆小人是六四分帳，那周逆小人定是為了所分贓銀不均，才會買通內官編輯材料來陷微臣於大逆謀反之罪。

周延儒：六四分帳？溫大人，那帳冊上的那些人都認得您溫體仁東閣大學士，可沒有人認得我周延儒，我周延儒是何許人也，大家只認得您這個權傾一時內閣首輔——溫體仁。

溫體仁：好阿！你這個不沾鍋的周延儒，凡是由老夫出面，你在暗中抽頭。

周延儒：溫大人，您公堂之上血口噴人可是罪加一等的。

崇　禎：溫體仁，你安心告老還鄉吧！朕自會有明斷。

溫體仁：皇上（哭泣）……小心那周逆小人阿！

曹化淳：溫大人，大伙還有很多軍國大事要議，您趕緊謝恩告退吧！

溫體仁：皇上（哭泣）……微臣捨不得太子阿！微臣有愧太子阿！

崇　禎：溫體仁，說心底話，三位皇子在你的教導下詩三百已過半能沒誦，你身為太子太保功不可沒。爾後朝中若有需要，朕定會再召愛卿入閣議事。行了，下去吧！

溫體仁：皇上阿（哭泣）……

曹化淳：行了，溫老頭，你有完沒完阿，你把咱這平台當做梁祝的十八相送一把鼻涕一把眼淚唱起來啦！別的大臣還要不要議政，光聽您溫老頭在這兒哭就行了。

周　奎：來人阿，請溫大人退堂！（溫被御林軍帶下）。

溫體仁：皇上阿（哭泣）……

周　奎：各位大人，咱們繼續議政吧！

魏德藻：啟稟皇上，錦州一失，山海關就在韃子眼下，臣認同方才周大人所議，當傾所有朝廷可用之兵去打這一仗守住錦州。

周　奎：皇上，這幾年遼東用兵餉銀每年要一千二百萬兩，中原勦寇餉銀要六百萬兩，邊軍各地方巡撫練兵餉銀三百萬兩，這一年二千一百萬兩銀子已經快要掏空戶部一年二千五百萬兩的歲入。再這樣花下去不如與韃子議和，或許可以少花一點銀子。

陳　演：皇上，自從袁崇喚下獄處死後，韃子每次來襲，必殺我臣民，掠我牛羊糧草金帛，沒有一次我軍能給予韃子重擊，殺其大將，對敵主動追擊。臣以為史可以為鑑，北宋被金亡後，南宋高宗趙構以金銀絲帛與金議和換取了以後五十年的和平。要不是趙構後來繼位者苟於安樂不圖振作，南宋政權還是大有可為。

史可法：啟稟皇上，韃子不過是數萬之眾的部落之邦，然八旗戰士自幼茹毛飲血，生有怪力。就像那反賊高迎祥，不費吹灰之力能掙脫百斤立枷。然我大明禮儀教化之邦，雖有民萬萬之眾，兵鋒確實不及蠻夷。臣以為與此野人一味叫戰，只會徒傷我邊軍元氣，百姓無以生息，地方無以養民。不如與滿州韃子暫時議和，舉國全力發展經濟，待戶部歲入超過四千萬兩後，每年撥入練餉二千萬兩鑄炮萬門，再購置西洋戰船會高麗國以水陸兩面夾擊韃子，讓韃子無所遁逃。

李建泰：啟稟皇上，崇禎三年朝廷以通敵議和之罪斬了一品大員兵部尚書袁崇煥，爾今朝廷又要以巨額的金銀絲帛去與滿州韃子議和，這恐怕會叫天下人議論紛紛。臣以為皇上對這與韃子議和的事還是要三思而後行。

周延儒：啟稟皇上，漢賊不兩立，天下只有一個共主，那就是我大明皇上，自古只有番夷向我天朝進貢，那有我堂堂天朝向一個蠻夷之邦輸入的道理。諸位大臣，你們不敢去錦州抗敵，那好周某自願領兵五千去錦州解圍，為了我大明皇朝的萬世基業，皇上，臣赴湯蹈火，肝腦塗地再所不辭！說的好呀！周愛卿！說到朕心坎裡去了。

楊嗣昌：啟稟皇上，臣身為兵部尚書，解錦州之危責無旁貸。

魏德藻：楊大人，你早該出聲了。

楊嗣昌：皇上，臣舉薦洪承疇洪大人任薊遼總督率大同總兵王樸，宣府總兵楊國柱，密雲總兵唐通，薊鎮總兵白廣恩，玉田總兵曹變蛟，山海關總兵馬科，前屯衛總兵王廷臣，寧遠總兵吳三桂即刻出關解錦州之圍。

崇　禎：眾卿，還有誰主張議和的？（眾人鴉雀無聲）洪承疇，聽旨！

洪承疇：臣在！

崇　禎：如兵部尚書楊嗣昌所擬，朕命你即刻率各鎮人馬出關解錦
　　　　州之圍。

洪承疇：臣遵旨！

崇　禎：袁崇煥，洪承疇，朕想聽聽你出關後如何布陣解錦州之
　　　　圍，你說給咱們大家說來聽聽吧！

洪承疇：啟稟皇上，兵法有云：大軍未行糧草先到，臣出關前要建
　　　　立糧道確認糧草能按時補給上線，出關後八鎮大軍要各營
　　　　緊密聯結保持行軍隊形，絕不可因躁進而拉長隊形。臣要
　　　　以松山為中軍大營並以松山為中心環杏山，塔山，寧遠三
　　　　城騎兵，步兵，炮兵交互布陣，互為支援。步兵有難，騎
　　　　兵飛馳增援，騎兵有難，炮兵炮火齊射增援，炮兵以城池
　　　　為依托，每十步設紅夷大炮一門。韃子單以騎兵野戰絕不
　　　　是我軍對手。

崇　禎：等一下，杜之秩，你準備一下同洪承疇一起赴松山大營上
　　　　任。朕現在憂國憂民終日食而無味還要你這尚膳監太監做
　　　　啥呢？

杜之秩：奴才遵命！

崇　禎：洪愛卿，杜之秩是朕身邊的人。有了他幫你，愛卿與宮中
　　　　的聯繫也可以方便一些再說杜秩之是大內名廚職掌尚膳
　　　　監，你吃飽了肚子給朕好好打這個仗！

袁崇煥：臣叩謝皇上御賜名廚！臣為報皇恩赴湯蹈火再所不辭！

崇　禎：還有，朕要在正陽門外率百官親自送你出關！（走下丹樨
　　　　拍著跪在地上的洪承疇）愛卿不要辜負聖意！

眾　臣：吾皇聖明！吾皇聖明！

（燈漸暗）

## 第十七景　洛陽城外

（背景音效：不斷的炮擊聲，燈漸亮，李自成，劉宗敏，李過，牛金星站在一處座高地上眺望著遠處的洛陽城，他們身後是一羣掌著古元真龍皇帝大旗的闖軍士兵。突然，有一顆炮彈朝李自成等人頭頂呼嘯而過眾人急找掩避。）

劉宗敏：（拍拍身上的灰塵然後站起）操！他娘的！這官軍什麼都不會就是會打炮！咱每天光躲這炮擊就行了。

李　過：二當家，您在老家不是開打鐵鋪子的嗎？您給咱闖軍鑄幾尊大炮給官軍轟回去呀！

劉宗敏：打菜刀，鋤頭，大刀咱還可以，（手摸李自成身上的盔甲）大伙瞧瞧，這俺大哥身上這付盔甲就是俺親手給俺大哥給打的，日本 JIS 工業規範 SUS304 不鏽鋼的，這個結實的百箭不穿。（苦笑）這個鑄造俺師傅沒教俺不會。

牛金星：沒教就不要光顧在這兒打嘴炮。每次都是雷聲大雨點小，講話嗓門特別大，屁事也幹不了。

劉宗敏：牛金星！你他媽的娘們！老子宰了你！（語畢高舉大刀欲向牛砍去）。

李自成：老二，不得對牛先生無禮！

劉宗敏：大哥！兄弟我是愈來愈不明白了，您為什麼老是對這些書呆子那麼好呢？這個牛金星他媽的連個鋤頭他都扛不動，他能幫上咱什麼事？自從這個姓牛的來到咱闖軍大營後，整日泡茶聊天，俺真不明白大哥你跟這些書呆子每天有什麼好聊的，每次你和這個姓牛的和李秀才聊天咱又插不上話，你好久沒有和咱兄弟倆喝喝老酒玩玩女人了，您

現在酒也不喝，女人也不要，每天泡上一壺茶，手上拿著那一本「系子兵法」讀他媽個一整天，俺說咱大哥你到底還是不是咱劉宗敏的兄弟？

李　過：二當家，是孫子兵法，你把「孫」字讀成「系」字了（語畢眾人大笑）

劉宗敏：過，你莫笑俺，你比俺多識不了幾個字兒，有個邊唸個邊，它要是沒有個邊，咱就唸它個中間，你沒那村裡的老人說過嗎？

李自成：老二，大哥問你這朱元璋是什麼出身？

劉宗敏：好像跟咱一樣也是個做賊的。

李自成：那劉伯溫是幹什麼的？

劉宗敏：（摸一摸頭）咱老家村子口有一個賣燒餅的矮子好像就姓劉（語畢眾人大笑）。怎麼，俺說的不對？過，你莫笑俺，你比俺多唸不了幾天書！

李　過：二當家，劉伯溫是朱元璋的開國軍師。

李自成：單憑朱元璋跟咱們一樣，光會舞槍弄棍的成不了大事。咱們這些粗人書讀不多腦袋不靈光，所以要李秀才和牛秀才這些讀書人幫著咱出點子，咱才能闖出一番大事業來，懂嗎？你沒聽過千軍萬馬抵不過一個軍師諸葛亮的典故嗎？

劉宗敏：大哥，咱好像懂了。用腦子比用力氣能辦事。

李自成：老二，做你們的大哥不是有酒先喝有女人先上，而是要時時刻刻為咱們兄弟的下一步著想。老二，目前洛陽久攻不下，你認為咱要怎麼樣攻才能把洛陽拿下？

劉宗敏：大哥，官軍很會使火器，一會火炮，一會火槍，一會火箭的，講到這火箭，咱的火箭是用射的，官軍的火箭像是會沖天的爆竹飛的好遠阿。因為官軍的火器營威力大又打的

遠，現在咱不得不後撤一里再想法子囉。咱兄弟每次攻城，竹梯隊還沒衝到城下就給這幫火器營的官軍轟的沒剩幾個人。俺想不如咱換個小縣城來攻，城破咱又可以喝酒吃肉玩女人，大哥你看如何？

李自成：那以後呢？

劉宗敏：咱們再換個小縣城玩玩，城破咱又可以喝酒吃肉玩女人。

李自成：那不是跟以前一樣嗎？到最後饑荒結束，跟著咱們的這些的遊民回家改做良民，官軍準備好糧草再來個十面張網，老二，咱上哪兒去躲去，難倒你還想再頭頂冒火再和山神擠在一塊兒去？

劉宗敏：不不！咱怕了這山神。

李自成：老二，攻洛陽城並非全是吃力不討好，如果咱真能攻下洛陽，這福王府的金銀財寶，妻姜婢女不是全歸了咱。咱這會兒收編了洛陽官軍的火器營，下一次攻開封城咱也可以給它打個二炮，讓開封官軍知道咱闖軍的厲害，你說大哥這話說的對不對？

劉宗敏：大哥還是那句老話，俺聽你的！

李自成：老二，向牛先生賠不是！

劉宗敏：大哥，你這不是為難俺嗎？

李　過：二當家的，大丈夫能屈能伸，沒有什麼不能低頭的！

劉宗敏：牛先生（很不情願），俺劉宗敏給您賠不是了。

牛金星：這還差不多，給我牛金星還了個公道！

李自成：老二，牛先生早就給俺想好了孫子兵法的第三十三計，反間計。不對呀！牛先生，你的朋友宋獻策和咱的李秀才，雙喜，紅姑帶著一百兩黃金，搞了個戲班子進洛陽城，這都十天了，他們怎麼一點消息都沒有？

劉宗敏：喔原來李秀才，雙喜，和嫂子去給城裡的百姓唱那個什
　　　　麼……。去他個娘……有什麼……。闖王的吧……對不
　　　　對？（語畢李自成瞪了劉宗敏一眼）

李　過：俺說二當家的，你最近還是少發言吧！

牛金星：大王，洛陽城失火了……失火了……李秀才成功了。

李自成：幹的好！進城後孤要好好賞這個戲班子。嗯，看來這戲劇
　　　　可以教化人心，孤打下洛陽後一定要成立一所隸屬中央的
　　　　戲劇學院。


（燈漸暗）


## 第十八景　洛陽城內福王府內


（燈漸亮）
（闖軍排成二列掌著古元真龍皇帝的大旗，擊鼓手排成另外二列，
擊鼓手開始擊鼓，鼓聲隆隆）。


闖軍士兵 A：大王有令，帶福王朱常詢！


（闖軍士兵 B 押著福王上，福王全身綑綁著）


劉宗敏：他娘的！朱常詢！見了闖王你為何不跪？

福　王：李自成，洛陽城的金銀財寶可以盡歸你闖王，你把本王放
　　　　了，本王自會要求京裡的皇姪再獻黃金玉帛，美女，稀世

珍寶與你闖王。本王還請闖王高抬貴手，闖王興兵攻城，要的不就是這些嗎？

劉宗敏：朱常洵！你他媽的憑什麼跟咱談條件！

李自成：老二！不得對福王無禮！福王，孤對你的這個提議很有興趣，你倒是說說怎麼個做法？

福　王：闖王可以先行將本王釋放，本王進京後自會要求皇姪立刻獻黃金玉帛，美女，稀世珍寶與闖王。

劉宗敏：放屁！你他媽的說的倒簡單！要是咱放了你，你他媽的說話不算話，這筆帳老子去跟誰要去！

李自成：福王，孤的二當家說的有理，福王要如何保證孤可以收到從京裡送過來的東西？

福　王：本王可以先請皇上降旨詔告天下招撫闖王李自成並賞賜黃金十萬兩美女一千人，這些美女可是從各省南北直隸挑選來的後宮佳麗，個個生的櫻桃小嘴，白玉肌膚，柔柔亮亮，閃閃動人與我唐王府的儐妃是絕對不能比的。

劉宗敏：大哥，聽這朱常洵這麼一說，咱是該考慮考慮。

李　過：叔，皇上下詔，這可不能欺騙天下。姪認為二當家說的有理，咱可以考慮考慮。

牛金星：大王，殺了福王會激怒崇禎皇帝，要是崇禎皇帝傾全國可用之兵來討伐咱們，咱們也撈不到什麼便宜。不如與崇禎議和，咱雖然是面子吃虧了，但裏子裡卻賺到了。黃金十萬兩可不是一筆小數字。

李　岩：大王，這是福王為求活命信口開河提的條件，請大王不要相信！

紅　姑：大王，妾身認為李秀才說的對，在咱老家人快淹死的時候，你給他什麼東西都抓，黃金十萬兩那皇帝老爺他拿的

出來嗎？京城後宮佳麗不就是兩條腿的人嗎？難道是三條腿的怪物不成？

李自成：愛妾說的好！福王，你的姪兒拿的出黃金十萬兩嗎？

福　王：本王久聞闖王非常體恤下屬，本王想問尊夫人，女人看其它女人永遠不會有三條腿的怪物。但這男人看女人就不一樣了，有道是情人眼裡出西施，更何況這些後宮佳麗各各是貌似西施更賽西施。闖王各部人馬為了這番進攻洛陽城，是個個奮勇爭先捨身忘死，難道不值得賞賜絕世美女嗎？

李過／劉宗敏／牛金星：福王殿下說的對！

劉宗敏：沒有黃金和賽西施，老子不幹了！

李　過：叔，你忘了咱當初出來闖的誓言，姪也不想幹了。

牛金星：大王，李岩要大王殺了福王據佔河南是因為他在河南有私人勢力可以暗中稱王。

李　岩：牛金星，你口出誑言，無的放矢，看在你是我李某同科的份上，李某願以德報怨，希望你不要見色忘友而誤了大事。

劉宗敏：你他娘的！李秀才，你小子不行了，怎麼，還不讓別人玩呀！

牛金星：（與劉宗敏擊掌）這一回，咱和二當家的可是一國的了。

李　過：（與牛金星擊掌）牛秀才，還有俺李過。

李自成：福王，孤還是那一句老話，你的姪兒拿的出黃金十萬兩嗎？你要叫孤怎麼相信你呢？這樣吧！如果你唐王府能拿出五萬兩黃金，孤就先放了你讓你去京城再給孤弄那剩下的五萬兩，你看如何？


（福王不斷拭汗陷入考慮）

劉宗敏：俺說福王，你就拿出來吧！等到咱用刑，你可就不好受了。

李　　過：是呀！福王，俺叔不會騙人的！

牛金星：福王，識時務者為俊傑，這個道理你應該懂吧！

李自成：雙喜，給孤拿大刀來！

李雙喜：是，爹！

福　　王：闖王，爾等可否會信守承諾。

李自成：福王，孤要是說話不算話，孤這幾十萬兄弟們怎麼帶的？

牛金星：福王請放心，我等雖被生活所逼落草為寇，但上山聚義講的就是一個「義」字，斷不會在眾目睽睽之下，做出背信忘義的事情出來。

福　　王：好吧！本王就相信你們這些做賊的一次！闖王就在這後院掘地三尺，就可見五萬兩黃金，還請闖王信守承諾，挖取黃金後，立刻釋放本王。

李自成：（笑著說）福王殿下，一定！一定！雙喜！

李雙喜：孩兒在！

李自成：你立刻到這後院掘地三尺看看！

劉宗敏：大哥，為什麼掘黃金這等好事就叫雙喜去？難道俺劉宗敏你就信不過了嗎？

李　　過：叔，還有俺！

李自成：他媽的！你們一起去吧！

劉宗敏：這還差不多！雙喜，過，咱們走（劉宗敏，李過，李雙喜下）。

闖軍士兵Ｃ：啟稟大王福王府外有一個紅毛番要見您！

李自成：紅毛番？咱什麼時候跟洋人打交道了？（李岩上前與李自成交耳）。喔，是那個山神……。（看了一下四周）……他媽的還好！過兒雙喜還有老二他們出去了。快請他進來吧！

闖軍士兵 B：是大王！

（幻術師沃夫剛 Wolfgang 上）

牛金星：大王，是什麼事不能過兒雙喜還有二當家他們知道？

李自成：牛秀才，這是俺李家的家務事，你甭管！

沃夫剛：小人沃夫剛拜見大王！

李自成：沃先生快請起！

沃夫剛：大王，上一次在商洛山中您的軍師李岩答過應小人，說是如果小人能讓大王雄風再起，大王必定以黃金十兩酬謝，希望大王不要違背這個承諾，小人當初願意冒著風險到商洛山中給大人做表演，為的就是這十兩黃金。

牛金星：表演？

李　岩：牛兄既然不知其中內幕，就不要胡亂猜測。

牛金星：那李兄知道內幕？

李　岩：牛兄一直想知內幕，李某就直說了。大王困在商洛山中的時候患了一種病，一種對身為男人確非常沒有信心的病。

牛金星：李兄，你不要多說了，牛某也被這種男人病困擾多年。

李　岩：牛兄，這會兒明白了就行了。

李自成：紅姑！

紅　姑：妾身在！

李自成：給沃先生拿十兩黃金！

紅　姑：妾身遵命！（從身上包袱拿出十兩黃金）。沃先生請收下。

沃夫剛：謝大王！

李自成：沃先生打哪兒來阿？

沃夫剛：稟大王，小人來自神聖羅馬帝國法蘭克福城。

李自成：這是什麼地方孤怎麼從來沒聽過？

李　岩：稟大王，那個地方要過西域再走一年經過大食，羅剎國，
　　　　就是神聖羅馬帝國了。

李自成：李秀才，你怎麼會知道？

李　岩：稟大人，李某在開封曾經交過一些從大食過來經商的猶大
　　　　人朋友。

李自成：這麼遠沃先生的二條腿還真能走阿！

沃夫剛：稟大人，小人是從低地國的阿姆斯特丹城搭船過來的。

李自成：低地國的阿姆斯特丹市，李秀才這個地方在哪裡？

李　岩：這個李某就不知道了。

沃夫剛：阿姆斯特丹城就在萊因河的出海口，從法蘭克福城搭船一
　　　　直往西走就可以順萊因河而下到阿姆斯特丹城。

李自成：沃先生，您這幻術是跟誰學的？

沃夫剛：稟大王，小人自幼無父無母在各地流浪，後來流浪到法蘭
　　　　克福城幫一位過氣的老幻術師打雜學藝。師傅死後，小人
　　　　順著萊因河的一些城鎮一路表演到阿姆斯特丹城，最後因
　　　　為賭錢輸了沒有錢還被官府捉拿只好與東印度公司簽約
　　　　上船當一名船醫一路飄洋過海到廣州。

李自成：沃先生，您這一路辛苦了，等孤過幾天有空了，孤也去你
　　　　這法蘭克福城瞧瞧！


（劉宗敏，李過，李雙喜上）。


劉宗敏：（把一箱黃金甩在地上）大哥，您瞧後院真有這五萬兩黃
　　　　金，地裡埋了上百箱的金錠阿！

李自成：沃先生，您先下去吧！

沃夫剛：謝大王！

李　過：（看了沃夫剛一眼）紅毛？

福　王：闖王既得十萬兩黃金，請闖王信守承諾，立刻釋放本王。

李自成：福王殿下，咱老家有句老話，磨完了磨就殺驢這句話。現在黃金已到孤的手上了，還留你福王的人頭有何用？來人阿，把福王拖出去砍了！（語畢闖軍士兵立刻將福王押下）

福　王：（放聲大喊）你們這些闖賊的會不得好死！崇禎皇帝饒不了你們的！

劉宗敏：大哥，你這樣對福王背信忘義，出爾反爾，俺劉宗敏絕對不服！

李　過：二當家說的有理！就算是對降兵降將也要講信用！

牛金星：唉！言而無信不知其可也！

李自成：放屁！孤看你們全是相信福王所說的那些鬼話了。孤告訴你們一個道理，那就是眼見為憑，你們之中有誰真的見過皇帝後宮的女人，孤看你們一個個是被女色迷的不知孰是實孰是虛了。

李　岩：各位兄弟，現在崇禎皇帝把所有的家當都拿去解關外錦州之圍，戶部到哪兒再去弄十萬兩黃金呢？

劉宗敏：李秀才，你這是哪弄來的消息？

李　岩：二當家，一千兩黃金，從兵部買來的！

李自成：各位兄弟，咱手上有福王有何用，崇禎皇帝的親戚可多這呢！他會在乎一個福王？如果各位這麼想，那就錯了！崇禎在乎的是咱破了他的洛陽城，略奪了洛陽的金銀財寶。福王朱常詢乃萬曆皇帝最寵愛的鄭貴妃所生，福王雖落蕃洛陽，但有了萬曆皇帝的特別關照，幾年之內富可敵國為

蕃王之首。咱有了這五萬兩黃金，還怕這洛陽附近百姓不投靠咱闖軍，官軍不招降歸來。各位兄弟不要忘了咱的小曲，吃他娘，喝他娘，吃喝不盡有闖王，孤要是不弄點錢供這全洛陽城百姓的吃穿，那不就真成了去他個娘有闖王了嗎？（語畢李自成瞪了劉宗敏一眼）這孫子兵法中講的兵不厭詐，反間計，知己知彼百戰百勝，孤在洛陽一戰全用上了，老二，孤日夜在讀的不是「戲子兵法」是「孫子兵法」你懂嗎？老二，孤李自成不是只有你一個兄弟，任何一個願意加入咱闖軍，隨咱闖軍出生入死的都是孤李自成的兄弟。所以，孤要將這五萬兩黃金全部按軍功一兩一兩的發給咱闖軍的所有弟兄（語畢所有在場闖軍士兵高呼「吃他娘，喝他娘，吃喝不盡有闖王」一遍又一遍，李過，牛金星，劉宗敏等人相對無語，此時李自成站起比手勢要眾人安靜）各位兄弟，方才孤已經吩咐伙夫，將福王的肉和他心愛的鹿煮在一起煲湯，咱們今晚就來個福祿宴！（在場闖軍士兵高呼「古元真龍皇帝」一遍又一遍，李過，牛金星，劉宗敏等人還是相對無語）來大家乾了這杯酒，乾！（語畢在場闖軍士兵高呼「古元真龍皇帝」喊聲震天）。

（燈全暗，除了突然一個 spotlight 打在牛金星身上）

牛金星：（喝了一口福祿湯後立即嘔吐然後對觀眾獨白）湯中極品？？？想不到我牛金星堂堂鄉試秀才居然會和這幫吃人肉的傢伙參合在一起。唉！實在是現實生活所逼阿！（燈全暗）

## 第十九景　開封城外

（背景音效：不斷的炮擊聲，燈漸亮，李自成，劉宗敏，宋獻策，李過，牛金星，田見秀站在一處座高地上眺望著著遠處火冒煙的開封城，他們身後是一羣掌著古元真龍皇帝大旗的闖軍士兵還有闖軍炮兵不斷向開封城方向發炮。）

劉宗敏：他娘的！（以軍刀指著開封方向）給老子，轟轟轟！這會兒，換老子來打炮了吧！（語畢突然從開封城池飛來一顆炮彈朝眾人頭頂呼嘯而過）

李　　過：二當家，小心（撲向劉宗敏要劉臥倒）！

劉宗敏：（拍拍身上的灰塵然後站起）操！他娘的！這官軍什麼都不會就是會打炮！咱每天光躲這炮擊就行了。過，看來你心裡還是有你二當家的！

李　　過：二當家，這炮彈是不長眼睛的，不會因為您二當家身的虎背雄腰，它就不找您了。

田見秀：二當家，這火器作戰不同於冷兵器，要注意火器的射向，角度，落點（在地上畫了來）那二當家您瞧！炮彈的出手點，炮彈飛行的最高點，炮彈的落點，三點可以成為一條曲線，這一條曲線決定的條件在於炮身底部藥包的用量還有炮身出手的角度。另外，那二當家，您現在可以告訴我，咱距離開封城有多遠？

劉宗敏：一看就知道不到一里。

田見秀：二當家，事實上是超到一里。二當家是用二點在定位，也您站的位置和開封城池二個點。咱火炮射出時講的是三點定位，也就是您站的位置垂直對分斜切出去到三角算學所

講的頂點，這一個點是咱炮兵的觀測點，加您站的位置和開封城池一共是三個點來計算比對實際射擊的距離。這個距離再來決定咱火炮炮彈飛行的頂點。有了頂點咱就可以計算火炮射出時所需要的仰角，（走到紅夷大炮旁邊）二當家，您看所以咱這藥包是分成好幾等的，愈大包射的愈遠。根據過去三個參數的經驗值，這三個參數也就是藥包，射出仰角，距離咱特別製作了這把表尺。有了這把表尺咱闖軍以後就不會亂放炮了。

劉宗敏：那一直用大包的就行了，要這把表尺做啥？（語畢把表尺摔在地上）

田見秀：不對！二當家，就像剛才從開封城池飛來的一顆炮彈朝咱頭頂呼嘯而過，飛太遠過頭一樣擊不中目標。這打炮是一門學問要不偏不移打中目標才是真本事。

劉宗敏：俺說田見秀你小子這打炮的本事跟誰學的？

田見秀：田某在官軍當差的時候跟一個洋商人學的，這洋商人在從商前在軍中當過炮兵。

劉宗敏：這看來還是洋人比較會打炮！

田見秀：二當家，這打炮是要懂三角算學，至於這三角算學，二當家，您就得讀書了，我可幫不了你。

劉宗敏：這打炮還得看書呀！俺以為人生下來就會打炮的！

宋獻策：二當家，這打炮當然看書了。宋某自幼熟讀易經八卦和西洋觀星術。這西洋觀星術當中很多就要運用到算學的原理。二當家，您別看宋某五短身材，這打起炮來，宋某可是不會輸二當家！（語畢眾人大笑）（註：飾演宋獻策的演員建議可以運用京劇中武大郎這個角色的肢體語言來詮釋一個身高遠低於常人的矮子。）

113

李自成：老二，你的缺點就是不讀書，咱闖軍當中人才濟濟，就是不見你去請教這些讀書人。

劉宗敏：大哥，俺劉宗敏什麼都不會就會騎馬打仗，還不是一樣有出息！

李　過：叔，俺也是，讀書有何用呢？叔沒唸書還不是一樣做闖王，書讀多了，了不起就是一個窮秀才罷了。

牛金星：過，你在說誰呀？學而後然知不足你明白嗎？

李　過：牛秀才，俺沒唸過什麼書，你別給俺講這些大道理。你別以為俺叔什麼都聽你們的，你們這些書呆子說什麼都有理。告訴你衝鋒陷陣的全是二當家，雙喜，還有俺李過。你和李秀才貪生怕死只會躲在中軍大營搧扇子。

李自成：過，不許對牛秀才無禮！上一次孤特別講劉伯溫的典故，你忘了嗎？

李　過：叔，俺沒忘！

李自成：沒忘就對孤身邊的讀書人放尊重點。

李　過：姪遵命！


（李雙喜，李岩，紅姑上）


李自成：雙喜，你們這個戲班子怎麼回來了？

李雙喜：爹，不好了，開封淹大水了。官軍巡撫高明衡見開封城不能守了，所以引運河水進開封城要與咱同歸於盡，咱這個戲班子只好趕緊徹出開封城，唉，開封百姓經過咱這麼宣傳，好不容易都已經有心理準備要迎闖王了，真是可惜阿！

紅　姑：唉！苦了這些百姓了！

李　岩：大王，李某和宋先生一路回來的時候想到一計要獻給大王。

宋獻策：大王，既然開封為大水所淹成了一座廢城，不如改攻襄陽。有道是湖廣熟而天下足。大王有了襄陽漕運轉來自各省的各項物資加上咱在洛陽掠奪的金銀財寶，咱應該正式開國稱帝兵鋒直指京師！

劉宗敏：（好奇地注視宋獻策）宋獻策，俺愈看你愈像個小孩似的，俺看你可能是小時候饑荒碰多了，所以轉大人沒有轉好（語畢劉宗敏大笑，但是除了劉宗敏眾人沒有一個笑的）。

牛金星：二當家，你如此這般休辱咱的好友很好笑嗎？

李　過：牛秀才！他媽的！開個玩笑不行阿！況且，這宋軍師確實生的跟小孩一樣。

宋獻策：大王，二當家說的對，宋某的形體並非堂堂七尺昂臟之軀，但宋某是人小志不小。宋某要大王稱帝一統天下，宋某要做京師的文淵閣大學士而不是大王帳前一個小小的軍師。

李自成：（大笑）哈哈！宋先生，言之有理！言之有理！

李　岩：大王咱既然已經打出古元真龍皇帝的旗號號招百姓，李某以為咱在進京前一定要名正言順，所謂名不正則言不順，落得師出無名。

李自成：宋先生認為呢？

宋獻策：宋某以為大王要以國號「順」告之天下百姓，有道是君者順民心而應天意。咱闖軍不是盜賊流寇。咱是順應民心要古元真龍皇帝京師就正位，因為咱才是民心所歸天意所指的正統王朝。

牛金星：既然如此牛某要趕緊為咱這大順朝規劃所有開國的典章制度，當然還包括討伐大明政權的檄文。

李　岩：大王，李某擔心的是闖軍將士多出身鄉野，一時半會兒可能很難適應這朝中的典章禮儀。那比方說，闖軍士兵中沒有人識得二當家真名為劉宗敏，闖軍陣中人人以綽號相稱像是過天星，翻山鷂之類的名號。

劉宗敏：那簡單，把大家伙一次叫過來說清楚就行了。

李　過：二當家，咱闖軍現在有二十萬人怎麼個集合法？不是當初在商洛深山中不到二百人。

李　岩：所以要建立我大順朝的典章禮儀，爾後大家以官職相稱，以官禮相待，而不是進門不通報勾肩搭背直接叫大哥。大王既稱朕一統天下就要即位正殿由左右承相來輔佐大王，六部九卿上朝議政，太監宮人傳令通報。包括雙喜在內，所有人等要見大王必先有太監通報方可入殿覲見。大王所有號令要以聖旨通行天下，所謂君無戲言正是如此。

李自成：（大笑）哈哈！李秀才，言之有理！言之有理！

李　過：李秀才，咱現在到哪兒去找太監去？

劉宗敏：那簡單，找幾個漢子把他們鬮了不就有行了。

牛金星：所以我說這做賊的就是改不了強盜的本性。

劉宗敏：姓牛的！（拔刀）老子今天就鬮了你，讓你做我大順朝的第一任內務府總管！

李自成：老二，不可胡來！

劉宗敏：大哥！

李自成：方才宋先生說了「君者順民心而應天意」。咱不是擁兵自重，濫殺無辜。咱要百姓喜歡咱大順朝，不是要讓百姓怕了咱大順朝。你明白嗎？（向闖軍士兵比了一個手勢）帶上來！

（杜勳，李三被闖軍士兵架上，劉芳亮上）

眾　　人：李三！

劉芳亮：沒錯！就是他！要出賣大王！

劉宗敏：咦！這個人怎麼沒有鬍鬚？

田見秀：二當家，他是一位公公。京軍裡有很多監軍太監。

李自成：老二，這不就是現成的太監嗎？咱何必要特意去找呢？

劉宗敏：喂！不男不女的，你老實招來，在官軍中是幹什麼的？

杜　　勳：回軍爺的話，小人是兵部尚書楊嗣昌襄陽大營的監軍太監
　　　　　杜勳。

李自成：那你又如何會認識李三？

杜　　勳：回軍爺的話，李三被楊大人的一萬兩黃金懸賞所動搖，要
　　　　　拿李自成的人頭領賞金。

李自成：杜勳，你可知道孤是誰嗎？

杜　　勳：回軍爺的話，小人有眼不識泰山，恕小人斗膽有所不知。

李自成：孤就是李自成，一萬兩黃金？這楊嗣昌也太抬舉孤這個罪
　　　　　臣了。

劉宗敏：李三，大哥待你不薄，你為何要出賣他？

李　　三：二當家，這全是劉芳亮要設計陷害俺。大當家是俺的同族
　　　　　兄弟，俺怎麼會出賣他呢？當初在商洛山中這麼苦咱們都
　　　　　撐下來了，現在咱都發達了，每天有酒有肉，咱怎麼會出
　　　　　賣大當家呢？

李自成：老二，方才李秀才說了，咱大順朝從今而後要有規舉，這
　　　　　通敵叛逃該當何罪？

劉宗敏：大哥，這李三雖是個孬種，好說歹說他也是咱從老家一起
　　　　出來打拼的兄弟，俺劉宗敏絕對不信李三會拿你的人頭去
　　　　換賞金。

李　過：叔，你以前不是這樣的，這三言兩語就要定李三的罪，俺
　　　　不服！

田見秀：大當家要再三思，李三可以說是咱闖軍的元老阿！

李　岩：大王，這事李某也覺得有些蹊蹺，怎麼李三突然會和楊嗣
　　　　昌的監軍太監扯在一起了。這一萬兩賞金的事也從沒聽說
　　　　過，大王還是要再派人查個仔細。

宋獻策：大王，這事不仿由宋某幫大王朴一掛再探一探天機！

牛金星：大王，眾口難犯，牛某請大王再詳查此事發生的原由。

李自成：不必！劉芳亮，動手！

眾　人：大王！（跪下）

劉芳亮：大王要李三怎麼個死法？

李自成：凌遲處死！

紅　姑：大王，這又何苦呢大家都是一起苦過來的（哭泣）！

李雙喜：爹，您就不要折磨三大叔了（哭泣）！

李　三：李自成，你這個沒有人性的禽獸！

李自成：（狂笑）哈哈哈！劉芳亮，你還等什麼？你怕了嗎？

劉芳亮：大哥，這算什麼！不過就殺個人而已（語畢拿出小刀在李
　　　　三的胸膛慢慢劃過，李三痛苦慘叫）。

李　三：大哥，您饒了俺吧！這刀割的痛阿！痛徹心肺阿！痛
　　　　阿……（李三痛苦地在地上爬行）

李自成：（佇笑）哈哈哈！知道痛了，劉芳亮，要慢慢的放血！千
　　　　萬不要讓血噴出來灑了一地那就太不殘酷了。哈哈哈！

（劉芳亮繼續執刑）杜勳，回襄陽大營後隨時做我大順朝的內應，如有不從，下一次就是換你滿地亂爬了！

杜　勳：小人遵命！小人遵命！（全身發抖）。

李自成：（狂笑）哈哈哈！知道痛了！哈哈哈！知道痛了！孤要讓所有背叛我的人知道什麼叫做痛徹心肺！

（燈立刻暗）

## 第二十景　平台

（背景音效：擊鼓鳴鐘的祭祀音樂，燈漸亮，舞台上擺了十六壇祭祀，崇禎著喪服對祭壇一一祭祀，司禮太監曹化淳一一幫崇禎點香祭拜洪承疇，崇禎的背後跟著手捧著祭祀器具的小太監們，前面跪了大臣們著喪服在哭泣。）

崇　禎：又是這平台，朕在這平台召見過多少大臣，如今他們安在？朕非亡國之君而處處皆亡國之象。

眾　人：（哭泣）洪大人阿！

探子Ｆ：報！錦衣衛特別偵察營探子俞五六報：松山陷落，薊遼總督洪承疇降清被夷首皇太極封為招撫經略大學士。夷首皇太極繼續兵犯通州，通州危急！

崇　禎：（狠狠看了周延儒一眼）是誰說要設壇遙祭洪承疇的？

眾　人：（手指周延儒）是他！禮部尚書周延儒。

周延儒：皇上，臣是被兵部的消息所誤導，才會以為洪大人在松山
　　　　壯烈殉國成了大明忠魂。

崇　禎：（大怒）大明忠魂！周延儒，你怎麼不去做個大明忠魂
　　　　呢？撤！（語畢小太監們立刻收拾所有祭祀用具）

周延儒：啟稟皇上，臣願馬革裹屍戰死疆場為皇上做個大明忠魂，
　　　　臣這就即刻啟程奔赴通州抗擊韃子！

崇　禎：說了這麼多次也該你去了！

周延儒：臣告退！


（周延儒下）。


探子G：報！錦衣衛特別偵察營探子田五六報：襄陽陷落，兵部尚
　　　　書楊嗣昌在襄陽大營自殺光榮殉國！闖賊李自成稱帝襄
　　　　陽，國號大順正式向我朝發出檄文下戰書。太原危急！

崇　禎：放肆！看來朕不親征是無法教訓這幫闖賊！

陳　演：皇上，萬萬不可阿！您千金之體萬一有什麼的，那咱們這
　　　　些做臣子的豈不是罪無可赦了。這滿朝文武可以領兵出戰
　　　　的大臣多的很！皇上，大可不必冒這個險。

魏德藻：皇上，陳大人所言即是，臣蒙受皇恩謀的就是這一天，皇
　　　　上，臣願代帝親征。

李建泰：皇上，老臣是山西人氏，老臣到山西可以自籌軍餉，不要
　　　　朝廷費心。

崇　禎：說的好李愛卿，（拿筆寫了一道手諭）愛卿立刻以朕的手
　　　　諭領兵出戰！朕還要御賜愛卿尚方寶劍一把，愛卿在外有
　　　　先斬後奏之權不受京師六部節制。（走下丹樨，拍拍李建泰

的肩膀）愛卿，自袁崇煥任兵部尚書後，朕就再也沒有賜過任何人尚方寶劍，這麼多年來，愛卿是第一個！

楊嗣昌：老臣叩謝皇上御賜尚方寶劍！老臣為報皇恩赴湯蹈火再所不辭！（崇禎目送李建泰退下）

陳　演：皇上，臣以為京師可由太子監國，朝廷盡快遷都南京吧！臣眼見這闖賊來勢兇兇，李建泰在山西未必能擋的阿！

魏德藻：皇上，歷代祖宗皇陵皆在京師，京師一旦淪入闖賊之手祖宗皇陵必遭褻瀆，這是咱們做臣子後人承擔不起的阿！

崇　禎：朕現在拿什麼去打？半壁江山已落入闖賊之手，朕向誰收稅去？

陳　演：皇上，眼下之計可以讓在京百官勳戚捐款助餉。

崇　禎：陳愛卿說的好！朕正有此意！那就從勳戚開始吧！

陳　演：皇上，不管是從誰開始，臣願把自家府庫的所有存銀一萬兩先捐出來。

崇　禎：那嘉定伯呢？

周　奎：皇上，老臣也捐一萬兩。

魏德藻：以嘉定伯的府庫存銀應該不只這個數吧！嘉定伯，身為皇親，您應該拋磚引玉，身先士卒不要給皇上丟臉才是阿！

周　奎：丟臉就丟臉吧！沒有錢不丟臉也不行了！皇上，老臣還有要事要辦先行告退，哼！（狠狠看了魏德藻一眼）

崇　禎：嘉定伯？（周奎頭也不回退下）

探子Ｈ：報！錦衣衛特別偵察營探子石五六報：太原陷落，晉王朱求桂被殺，寧關危急！

探子Ｉ：報！錦衣衛特別偵察營探子邱五六報：寧關陷落，總兵周遇吉被殺，大同危急！

探子 J：報！錦衣衛特別偵察營探子江五六報：大同陷落，巡撫景瑗自殺，宣府危急！

探子 K：報！錦衣衛特別偵察營探子張五六報：宣府陷落，監軍杜勳向闖賊李自成投降，居庸關危急！

（袁崇煥的鬼魂在觀眾席中出現，袁英姿煥發面對崇禎。註：這個部分演出由飾演袁崇煥的演員站在觀眾席中透過燈光投射及特殊化妝來呈現鬼魅的效果，或利用現代舞台科技以立體投影的方式來演出效果會更佳）

背景旁白：袁崇煥：臣要四部大員給與臣全力支援，也就是戶部不拖欠軍餉，臣要求的兵器，火器，攻城台樓，工部必需一應俱全，缺一不可。臣要的文官吏部要給，臣選的將兵部要派。只是單以臣區區一個三品都察院右都御史的官銜要統制各部一品以上大員恐怕很難不犯朝廷眾臣的口舌（註：這段獨白要做成特殊音效，聲音要不斷重複循環，音量音調要不斷變化，建議由三個演員以上來唸這段獨白形成重唱的效果）。

崇　禎：（走下丹墀，全身發斗，面對袁崇煥的鬼魂）這麼快！闖賊像瘟疫一樣，來得快又叫人一點辦法也沒有，難道這一回闖賊非得進京不行嗎？袁崇煥，是你在嘲笑朕嗎？……你不要來找朕，是你負了朕！是你負了朕！是你負了朕！是你負了朕！是你負了朕！是你負了朕！

（袁崇煥的鬼魂下）

曹化淳：（走進崇禎看了他一眼）皇上，袁崇煥已經死了十五年了，咱現在顧不上韃子了，闖賊已經打到宣府了。

崇　禎：他與朕議餉從來沒有手軟過，朕是飭令戶部各衙門到處給他籌錢發糧餉。戶部一年的歲銀是二千萬兩銀子，他袁督師一年要花一千萬兩。全天下都在盼著他袁督師勦滅滿州韃子。結果呢？韃子不但愈勦愈多，還打到咱家門口來了。朕倒要問他袁崇煥，為什麼有負朕及天下百姓所托？難道他是官做的不夠大，還是錢花的不夠多呢？……是朕錯了嗎？還是他袁崇煥錯了？

曹化淳：（哭訴）皇上，先皇早逝，皇上十七歲親政就先碰上了個魏忠賢，這也難為皇上了。

崇　禎：朕是太年輕了。

（此時所有被崇禎處死過的人之鬼魂上，全部走向崇禎）

探子L：報！錦衣衛特別偵察營探子何五六報：闖賊南路大軍劉芳亮進入保定城！

陳　演：（哭訴）皇上，原來闖賊是從山西，河南兩面夾擊京師，現在咱走不了了，南逃無路了。

崇　禎：哈哈哈……你們以為朕會怕嗎？朕才十七歲，普天之下莫不為王土，天涯之濱莫不為稱臣……。朕才十七歲，朕不怕，朕要學太祖開國平天下，四海昇平稱臣納貢，要學成祖遣史西洋，編四庫全書集古今學問之大成。你皇太極是什麼東西？茹毛飲血部落之邦！你李自成是什麼東西？

一個造反的草民！哈哈哈！你們有何可懼？內閣首輔陳
演聽旨！

陳　演：臣聽旨！

崇　禎：即刻起草詔書昭告天下：封吳三桂平西伯，唐通定西伯，
左良玉寧南伯，命他三人速進京勤王，朕每人賞銀一百
萬兩！

魏德藻：皇上，能讓他們進京嗎？尤其是左良玉其實跟闖賊沒有什
麼二樣，只是打著咱大明的旗號而已。臣擔心這又會和當
年袁崇煥一樣！

崇　禎：哈哈哈！（瘋狂拿著劍揮舞）……快去！快去！


（眾鬼魂下）


陳　演：魏大人，要來？他們早來了，都這個時候了，吏部早就已
經都沒有人上班了。

魏德藻：噯呀，陳大人，不要說那麼多！走！魏某陪你去想辦法
去！（陳演，魏德藻退）。

探子Ｍ：報！錦衣衛特別偵察營探子黃五六報：闖賊李雙喜破居
庸關。

崇　禎：哈哈哈！（瘋狂拿著劍揮舞）李雙喜是什麼東西！朕有楊
嗣昌，四正六隅十面張網將爾等造反刁民層層包圍，然後
逐漸縮小包圍圈，讓你們這些刁民無所遁形，就地等死！
哈哈哈！

曹化淳：皇上，楊嗣昌在襄陽大營自盡了。

崇　禎：胡說！朕還有盧象昇，朕還有洪承疇，朕還有孫傳庭，朕
還有傅宗龍，朕還有汪喬年……朕還有……。

124

曹化淳：皇上，他們不是投降就是被殺，難道皇上全不記得了嗎？

探子N：報！錦衣衛特別偵察營探子吳五六報：闖賊劉宗敏屯兵昌平，劉芳亮屯兵保定，兩軍大營距京師不到百里。

（陳演，魏德藻上）

陳　演：魏大人，噯呀，這下可全完了，咱肯定是出不了京師了，整個京師放眼望去給闖賊百萬之眾給圍的水洩不通的阿，京師外圍黑壓壓一片的全是闖賊！

魏德藻：講這些有什麼屁用！聽說那個劉宗敏，劉芳亮都是些連鬼神見了都要敬三分吃人肉的傢伙阿！

曹化淳：二位大人，這闖賊真有那麼可怕！

陳　演：曹公公，老夫看你真是吃米不知道米價，全京城百姓都在傳，這個劉芳亮在保定為了助餉不知道殺了多少人阿！

曹化淳：二位大人，奴才整天待在宮裡哪裡會知道這些事呢？奴才雖身為司禮太監，但是每天都看到的是報喜不報憂的折子。

魏德藻：唉！能報憂嗎？那還不惹皇上生氣！（曹化淳用手摀住魏德藻的嘴）。

曹化淳：小聲點！皇上心情不好！

（陳演，魏德藻，曹化淳三人悄悄地轉移到下舞台一角落商量對策）

陳　演：劉芳亮，劉宗敏這些人雖然野蠻殘暴，但是他們的頭頭李自成還是有唸過幾天書的，對來降的讀書人也十分禮遇，咱不妨找這個李自成商量商量。

125

魏德藻：陳大人說的對！秀才遇了兵有禮說不清，最怕就是遇到個不識貨的大老粗不分青紅皂百就給咱一刀呀！

陳　演：嗯，一定要讓李自成知道咱是皇上跟前的人。李自成覺得咱有利用價值留咱一條老命。

曹化淳：二位大人，奴才現在就出宮，去城外找李自成商量商量！

陳　演：曹公公，一切要小心了。這一千兩是勞請公公跑腿的費用，還請公公笑納！

魏德藻：曹公公，還有我的這一份！


（曹化淳正轉身離開時，杜勳上）


曹化淳：噯呀！我說杜公公！您不是做了賊了嗎？

杜　勳：曹公公，誰是賊誰是王，您心理應該很清楚了吧！

曹化淳：杜公公，教訓的是！杜公公，教訓的是！

杜　勳：曹公公，本官現在的職銜是大順朝京師招撫經略，不是大明朝皇宮裡的一個教坊司太監。本官現在要見朱由檢。

魏德藻：放肆！朱由檢是你叫的嗎？

杜　勳：魏大學士，普天之下只有京師這塊小地方還是聽你大明皇上的，出了京師，就是我大順朝的天下，對我大順朝而言，只有朱由檢這個人，沒有大明皇上。

陳　演：杜公公，您認識那李自成嗎？

杜　勳：放肆！李自成是你叫的嗎？本官正是大順王派來與朱由檢議和的！

陳　演：太好了，看來和平還有機會。

曹化淳：杜公公，既然如此，咱立刻帶您去見朱由檢？（走到崇禎跟前）皇上，杜公公來看您了。

杜　勳：皇上阿，您可給奴才盼到了。奴才監軍朝思暮想的就是盡快回到皇上身邊侍候皇上（對於杜勳態度的一百八十度轉變，陳演，魏德藻，曹化淳三人互看表現出匪夷所思的表情）。

崇　禎：狗奴才！你不在京師外抗戰犧牲為朕盡忠，反而在此苟且偷生。你還有臉來見朕嗎？

杜　勳：奴才該死！奴才該死！

崇　禎：抬起頭來說話！

杜　勳：謝皇上不殺之恩！

崇　禎：朕教坊的那幾個樂師呢？那些全是各省選來的美女。

杜　勳：回皇上的話，全被李賊的大將劉宗敏給污辱了。襄陽大營失守楊大人自殺後，劉宗敏就把這些樂師罷佔己有。

崇　禎：放肆！朕非手刃劉賊不可！這群禽獸！

杜　勳：啟稟皇上，奴才這次進宮是給要皇上遞上李賊要求與朝廷議和的奏折一份，請皇上過目（將奏折傳給曹化淳）。

崇　禎：放肆！李賊既沒有功名也從未受封，這個草寇憑什麼給朕上折子？杜勳，你通敵謀反罪不可赦，來人呀！拉下去砍了！

杜　勳：皇上饒命阿！皇上饒命阿！

曹化淳：哼！看你還蹺個什麼勁！

陳　演：刀下留人！皇上，看來和平還有機會，不要輕易放棄這次與闖賊議和的機會！皇上！（上氣不接下氣）

魏德藻：皇上，有道是兩國交戰不斬使者。杜公公通敵謀反按大明律令理當處斬，但是現在闖賊陳兵百萬於京師之外，咱殺了杜公公，惹毛了李自成恐怕日後要再求和就難了。再者，皇上，咱現在與李賊構和可以拖延闖賊攻城的時間，這樣咱就有機會等到吳三桂，唐通，左良玉他們三人的大

軍馳援京師。皇上，於此千鈞萬髮之際，每下一個決定都要特別小心！

曹化淳：皇上，陳大人和魏大人說的都很有道理！再說嘛奴才與杜公公在內宮共事多年，這杜公公別的本事沒有，說穿了不過是個拉皮條的，您要是說以前的魏忠賢可以一手遮天左右廢立，那造反起來還得了！殺了杜公公不等於殺了一條狗一樣，皇上，千萬不可因為殺了一條狗而壞大事阿！

崇　禎：曹化淳，把李賊的奏折大聲唸出來！

曹化淳：奴才遵命！臣大順王李自成，奏請聖上冊封臣為大明異姓藩王落藩長安，賞銀三千萬兩臣既受冊封當撤兵千里退守河南，願為朝廷內勦流寇外抗韃子，但不奉詔覲見。

崇　禎：放肆！這是在向朝廷恐嚇要脅，三千萬兩，這些亂賊以為朕這皇城內有一座金山嗎？朕要是有這三千萬兩還要跟這些做賊的議和嗎？

杜　勳：皇上，三千萬兩是訂價，至於成交價，奴才可以先回去與李賊再溝通溝通，奴才相信以奴才的智慧一定可以說服李賊讓京師百姓免於受戰火的蹂躪。

崇　禎：（走下丹墀轉圈苦思，然後對觀眾獨白）現在在京上上下下文武百官一共只捐了不到一百萬兩，三千萬兩？？闖賊應該只是說說而已，這些做賊的只要給他們點錢一些官做做應該就可以滿足了（走回丹墀）。杜勳，那你用心去辦行了。

杜　勳：既然如此，奴才這就給皇上辦事去了！

崇　禎：等一下，曹化淳，朕命你跟杜勳一起去京師外和那李賊再一次協商奏報中賞金的部份。你要跟這李賊講清楚，說你是朕身邊的人，什麼事都可以直接和朕商量，明白嗎？

曹化淳：奴才明白！奴才就此告！（杜勳，曹化淳下）

魏德藻：希望咱的援軍趕緊趕到！

陳　演：皇上，看來也只有如此了。

崇　禎：杜勳……（欲言又止的樣子）


（燈全暗，除了一個 spotlight 突然打在周延儒身上。）

背景旁白：崇禎：禮部尚書周延儒，謊報戰功欺犯上，為朝廷眾臣
　　　　　所指，姑念其為朕啟蒙之師，特恩賜死！


周延儒：（讀完崇禎的手喻後將它摔在地上，然後面朝北京城）沒
　　　　想到我周延儒最後還是要走這一步，看別人下獄處死，總
　　　　以為這檔子事好像永遠不會找上我周延儒似的。一日為師
　　　　終身為父，身為帝師，老夫從來沒有想過他會對自己的啟
　　　　蒙之師下得了這個手。當老夫自己要走這一步的時候才醒
　　　　悟到他的殘忍，暴戾，偏執。全憑錦衣衛的密報，一紙手
　　　　喻就要處死老夫，老夫死的連為自己辯駁的機會都沒有。
　　　　不，是老夫自做自受。常言道：養虎為患，咱們的書都白
　　　　讀了。


背景旁白：曹化淳：周老朽，你他媽的！快一點行不行，本公公還
　　　　　得回去給皇上覆命去！你他媽的！不要站著茅坑不拉
　　　　　屎！那條白凌帶不是只有你要用而已，處理完你。本公
　　　　　公還要去處理下一個！這些書呆子老朽，別的屁事沒
　　　　　有，他媽的廢話特別多！

周延儒：曹公公你我交情多年，老夫不會為難公公的！皇上，看來老臣得先走一步了，你好自為之吧！（將白凌帶拋向空中，燈立刻全暗）。

## 第二十一景　皇宮內城

（燈漸亮）

（崇禎，陳演，魏德藻，還有一羣小太監站在宮殿的台階上眺望京師外的大順軍。）

崇　禎：唉！苦了朕的臣民了！

陳　演：皇上，如今那援軍還是未到！臣擔心這李賊會按捺不住性子，索性開始攻城。

崇　禎：陳愛卿，朕昨晚接到錦衣衛的奏報，奏報中說唐通已經抵達京師外圍，朕已經請原來在洪承疇帳中效力的太監杜秩之前去唐通營中監軍，相信唐通近日就會向闖賊發起進攻。

魏德藻：皇上，周大人，去了通州後捷報頻傳，或許可以請周大人入關勤寇阿。

崇　禎：那些捷報都是假的！（語畢陳演與魏德藻相對無語）

陳演／魏德藻：假的！

崇　禎：朕昨晚同時接到一份周延儒營中監軍錦衣衛的密折說他謊報戰果屯兵通州怯戰而裹足不前，終日在帳中飲酒做樂實在有負朕對他的恩寵，周延儒已經在今天早上被朕傳旨賜死了。

陳演／魏德藻：皇上聖明！皇上聖明！

探子〇：報！錦衣衛特別偵察營探子連五六報：代帝親征大學士李
　　　　建泰向闖賊請降。

崇　禎：可惡！沒想到朕百密而有一疏居然漏掉這個李建泰，沒有
　　　　加派錦衣衛監軍，這個李建泰才有機會先降了闖賊。

小太監Ａ：錦衣衛監軍杜之秩殿外求見！

魏德藻：皇上，杜公公不是在唐通帳前，怎麼這會兒進宮了？

陳　演：會不會這唐通有變？

崇　禎：宣！

小太監Ａ：皇上有旨！宣唐通監軍杜之秩見！


（杜之秩上）


杜之秩：皇上阿，您可給奴才盼到了。奴才監軍朝思暮想的就是儘
　　　　快回到皇上身邊侍候皇上。

崇　禎：狗奴才！你不在唐通帳前效力為朕盡忠，反而在此苟且偷
　　　　生。你還有臉來見朕嗎？

杜之秩：奴才該死！奴才該死！

崇　禎：抬起頭來說話！

杜之秩：謝皇上不殺之恩！

陳　演：杜公公，你突然回到宮中，難道是這唐通有變嗎？

杜之秩：啟稟皇上，那個唐通不是個人阿，他收到朝廷的賞銀一百
　　　　萬兩後又與闖賊李自成來使談條件，如今唐通已經降了闖
　　　　賊李自成，正式收編為大順軍了。奴才去監軍受到唐通百
　　　　般污辱，常常把奴才身為太監的身體缺陷拿來當笑話講給
　　　　營中所有官兵聽，奴才在帳外蹲著小便的事，全營的官兵

都知道了。（哭訴）皇上，奴才不要活了！奴才不要活了！
（語畢欲撞柱自殺，旋被其他小太監攔住）皇上阿，唐通
還說派了一個不男不女的宮人去監軍是對他這個總兵最
大的休辱！皇上阿……。

（舞台一角，spotlight打在一羣唐通士兵身上，另一個飾演杜之秩
的演員蹲在舞台上。）

唐通士兵Ａ：來呀！大伙瞧瞧，這皇上派來的監軍大人在帳外蹲著
　　　　　　小便。（語畢眾士兵訕笑不止，spotlight暗，此組演
　　　　　　員退場）。

崇　禎：放肆！竟敢對朕身邊的人如此無理！朕非手刃唐通不可！

杜之秩：吾皇聖明！吾皇聖明！

崇　禎：杜之秩，唐通的事朕都知道了，你先下去吧！

杜之秩：謝主隆恩！奴才就此告退！（杜之秩退）。

陳　演：皇上，據臣所知寧遠總兵吳三桂是個孝子，其父吳襄及吳
　　　　氏宗親皆落戶京師，吳襄已經修書一封要吳三桂速領關寧
　　　　鐵騎入京勤王。至於這左良玉所部軍紀渙散，官兵強征民
　　　　財強拉民夫，左軍所到之處百姓莫不關門閉戶。這左良玉
　　　　來了，京師恐怕還要添亂呢？

魏德藻：皇上，看來咱們只能期待這個吳三桂了。

崇　禎：嗯，朕到時候要好好的重賞這個吳三桂！

背景音效：突然的一陣巨響。

魏德藻：怎麼一回事？怎麼會有炮擊？莫非？

探子Ｐ：報！錦衣衛特別偵察營探子林五六報：闖賊前鋒李雙喜距
　　　　離京師不到一里。京師進入闖賊火炮最大射程內！司禮太
　　　　監曹化淳開彰義門向闖賊請降！

陳　演：莫非李賊已經按捺不住性子，索性開始攻城了。

背景音效：炮擊聲，大順士兵叫喊聲，宮中男女叫喊救命聲，持續
　　　　　播放到這一景結束。

小太監Ｂ：皇上，皇上，皇上，闖賊已經攻破皇宮內城了。嘉定伯
　　　　　請皇上趕緊安排太子逃命吧！

陳演／魏德藻：（哭著跪下）皇上阿！臣無能！臣無能！

陳　演：皇上，事已至此，臣請皇上保重龍體，趕緊安排太子逃
　　　　命吧！

魏德藻：皇上……

背景旁白：吃他娘，喝他娘，吃喝全靠咱大順王！這段心戰喊話詞
　　　　　要不斷重複並且產生重唱效果。

背景旁白：獻崇禎皇帝老爺者賞萬金！這段心戰喊話詞要不斷重
　　　　　複並且產生重唱效果。

崇　禎：（望著天）逃？要逃去哪裡去！（對小太監 C 下命令）
　　　　傳旨！宮中所有嬪妃公主一律賜死！

眾　人：（哭喊）皇上阿！


（周延儒，溫體仁鬼魂上）

背景旁白：周延儒：皇上，袁崇煥貴為一品大員督師薊，遼，萊，登，通五鎮軍務，還誇下海口要五年還遼。爾今不到一年時間韃子已經打到咱們家門口了。臣認為袁崇煥這個一品大員有負朝廷所托。

溫體仁：皇上，周大人所言即是，祖大壽是吃的皇糧，領的是兵部的餉銀為什麼堂堂京畿督師孫承宗請不動他而要聽一個關在刑部大牢的通敵欽犯袁崇煥擺佈？耐人尋味阿！周溫二人的對白要不斷重複並且產生重唱效果。

崇　禎：（呼吸急促）朕有今天全是眾臣誤朕！你們這些做臣子的捫心自問，對朕都盡了忠嗎？（對小太監 C 嚇令）狗奴才！還不快去！

小太監 C：奴才遵命！奴才遵命！（小太監 C 下）

崇　禎：朕才十七歲，朕不怕，朕才十七歲，朕不怕！朕要學太祖開國平天下，四海昇平稱臣納貢，要學成祖遣史西洋，編四庫全書集古今學問之大成……。朕要封袁崇煥一個正一品的官職督師薊，遼，萊，登，通五鎮軍務。朕這麼做就是要給你們看一個好樣的！怎麼樣！你們不服嗎？（瘋狂拿著劍揮舞向周溫二人砍去）

（周延儒，溫體仁鬼魂下）

背景旁白：天啟：由檢，希望你能成為像堯舜一樣的明君！不斷重複並且產生重唱效果。

背景旁白：崇禎：上回皇上御賜給臣親手做的椅子，臣到現在還只是只敢仰視而不敢上座！不斷重複並且產生重唱效果。

崇　禎：皇兄阿，朕好苦阿！你為什麼要把這全天下最苦的差事往
　　　　臣弟身上推呢？

（太監們追著崇禎的儐妃公主們在舞台上跑進跑出的並驚慌喊叫。）

長平公主：父皇，那些公公們說的不是真的！女兒，不要死！
崇　禎：誰叫你生在帝王家！（高舉寶劍向長平公主砍去）。
小太監 D：公主快跑呀！（小太監 D 替長平公主挨了這一劍）。
崇　禎：乖女兒，不要跑！父皇不要你高貴的身體被那些骯髒下賤
　　　　的闖賊給玷辱了阿！（崇禎追著長平公主在舞台上跑進
　　　　跑出）。
魏德藻：陳大人，皇上瘋了！咱快去逃命去吧！
陳　演：說的也是！連長平公主都要殺！咱的命還沒那麼值錢
　　　　呢？快走吧！

（燈漸暗）


# 第二十二景　煤山

（燈漸亮）

註：此景的舞台背景要營造的視覺效果是傍晚時間天空一片火紅。
背景旁白：太監，宮女哭喊救火的聲音。
（崇禎躺在一塊巨岩石上，宿醉剛醒滿臉污垢披頭散髮，手拿酒瓶
發抖站立不穩搖搖晃晃。）

王承恩：皇上！皇上！

崇　禎：王承恩？你怎麼會在這裡？朕醉了。

王承恩：（哭訴）皇上阿，闖賊已經把整個皇宮佔領了。奴才是因
　　　　為在尚寶監工作，所以知道有一條秘密通道從後宮到這裡。

崇　禎：這裡是哪兒？朕怎麼從沒有來過。

王承恩：皇上忘了每逢重陽，皇上都會邀大臣們來此小酌佳釀吟詩
　　　　做對。

崇　禎：朕想起來了，這裡是萬歲山。朕以前和眾臣常來此地夜
　　　　宴。王承恩，你剛才說……

王承恩：皇上，奴才剛才說闖賊已經把整個皇宮佔領了

崇　禎：唉！昨晚朕喝多了，繞整個皇宮亂囀，沒想到囀來這兒了。

王承恩：皇上，是奴才背皇上走秘密通道過來的。皇上昨晚在後宮
　　　　親手殺了很多妃子宮人後累倒在後宮圍牆外，奴才趕緊把
　　　　皇上背到這兒以免被闖賊士兵發現。

崇　禎：王承恩，朕以前錯怪你了。

王承恩：現在闖賊已進宮，說這些過往雲煙又何必呢？皇上，眼下
　　　　咱已經是窮途末路了，奴才準備了一些百姓的衣裳，皇
　　　　上，咱趕緊穿上出城逃命去吧！

崇　禎：王承恩，等一下，你知道朕三個皇子的下落嗎？

王承恩：王三，帶出來吧！


（王三帶著三個皇子上）


皇四子朱慈炤：父皇（哭訴）……兒臣好怕，昨天夜裡跟打雷一樣。

崇　禎：抱起朱慈炤，不要怕！有朕在這兒！

皇三子朱慈炯：父皇，母后，有說要去外公家。父皇，你見著母后
　　　　　　　　了嗎？

皇太子朱慈烺：慈炯，皇兄不是跟你說了嗎？不要過問母后的事
　　　　　　　　情！朝廷遭此大難，身為朱家子孫，咱要莊敬自
　　　　　　　　強，處變不驚，驅逐韃虜，復興大明！明白嗎？我
　　　　　　　　大明成祖親征蒙古七次，馬革裹屍，縱死疆場，問
　　　　　　　　古今帝王誰人能及？

王承恩：太子，說的好！但眼下太子殿下和皇三子，皇四子還是趕
　　　　緊換上這些衣裳上嘉定伯府上去吧！

皇太子朱慈烺：我不去！我要與父皇一起抗賊！

崇　禎：慈烺，父皇登基的時候跟你現在的年紀差不多，父皇，對
　　　　任何事情充滿了自信，絕不認輸。可是孩子，除了自信以
　　　　外，咱要學習權衡得失，利敝分析，什麼是利大於敝，什
　　　　麼是敝大於利，學習從失敗之中獲得教訓。做為一國之
　　　　君，你不能只考慮你眼前的事還有你自個兒的事，九州十
　　　　方萬萬百姓全靠做皇帝老爺的一句話過日子。這個擔子很
　　　　重，但是身為朱家子孫的我們要勇敢去面對。現在，朕把
　　　　慈炤，慈烺交給你，你不止要考慮你自己的安危還要考慮
　　　　慈炤，慈烺。朕要你們三人毫髮無傷的到外公家。出了皇
　　　　宮著了百姓的衣裳，再也沒有人會認得你們是皇子了。記
　　　　住父皇的話，見了比父皇年紀大的人要叫伯伯，年紀小的
　　　　人要叫叔叔，見了比母后年紀大的人要叫大娘，年紀小的
　　　　人要叫大嬸。

皇太子朱慈烺：（哭訴）父皇的苦心，兒臣全明白了。

王承恩：（哭訴）皇上，這太難為您了。

崇　禎：（對王承恩）這個王三可靠嗎？

137

王承恩：皇上，大可放心。這個王三是奴才入宮前在老家生的親兒
　　　　子，那一年奴才只有十三歲，後來年月不好，家鄉大荒，
　　　　奴才只好進宮當太監，把每月在宮中所得寄回家。

崇　禎：怪不得，你那麼貪阿！好了，現在不說這些了，帶他們
　　　　走吧！

皇四子朱慈炤：父皇（哭訴）兒臣要找長平姐姐！

皇三子朱慈炯：父皇，母后到底去哪裡了？

崇　禎：走吧！歷史是不會重演的！都走吧！慈烺，記住父皇說
　　　　的話！

慈　烺：（大聲）吵什麼吵你們二個？再囉唆，木劍伺候！

崇　禎：快走吧！

王承恩：王三，快送太子出城，有任何差錯，提頭來見！

王　三：是，父親！

王承恩：還不快走！！


（王三帶著三個皇子下，崇禎，王承恩目送久久不能釋懷）


王承恩：（坐在地上開始哭了起來）我的兒阿！

崇　禎：王承恩，朕真不明白為什麼你們做太監的沒事就哭呢？

王承恩：皇上，或許是身為太監很悲哀吧！

崇　禎：朕可以理解，尤其是新婚後不久就淨身入宮，唉！身在皇
　　　　家難道又是一種幸福嗎？王承恩，朕也該走了。

王承恩：（哭訴）皇上，咱一起出城吧！奴才的老家距京師不到百
　　　　里路。

崇　禎：不必了，你瞧，這闖賊的大火把整個京師燒的像火爐一樣
　　　　悶熱，朕現在站在這樹下馭風真舒服，現在是春天，萬物

茲生的季節，要不是這闖賊進京，朕還要出城賞櫻花呢！如今闖賊進京，苦了朕的百姓了。朕何以面對列祖列宗，又何以面對天下億萬百姓。事已至今，全是朕一人之過（語畢解下腰帶，用力往樹上套住）朕死之後無顏見列祖列宗所以以髮覆面，切記！以髮覆面無顏見列祖列宗！（語畢上吊自殺）

王承恩：（哭訴）皇上！奴才跟您一起走！奴才不會丟下皇上的！黃泉路上有妖有獸奴才先給皇上擋著！（語畢上吊自殺）。

背景音效：刮風下雨打雷。崇禎：朕死之後以髮覆面無顏見列祖列宗！聲要不斷重復循環形成重唱的效果，此時天氣轉陰刮風下雨。


（燈漸暗）


## 第二十三景　現代，景山公園

（燈微亮，飾演崇禎與王承恩的演員直接留在舞台上換上現代服飾並戴上金髮。）

背景音效：一個鳥語花香天氣炎熱的夏日早晨，北京市街的汽車喇叭聲，小販叫賣聲。

（Hamlate Nicholas，Goodness Serveman，一羣美國觀光客，導遊，翻譯人員上。）

導　遊：（舉著某旅行社的小旗幟並以擴音器對參觀的人說）女士
們！先生們！咱們現在要參觀的景點是明朝崇禎皇帝於
西元一六四四年闖王李自成進京後上吊自盡的地方，據說
崇禎皇帝上吊後沒過多久，他的跟班太監王承恩也在旁邊
的那棵樹上上吊自殺了。這裡呢，還立了一個碑來紀念這
段歷史。

翻譯人員：OK, Lady and Gentleman, now we are at the spot of where
Emperor Chorng-Jen, the last Emperor of Ming Dynasty,
who finally hang himself on the top of this hill when
rebellion troop leader Li Tzyh-Cherng invade Beijing in
1644. According to some history books, Wang Cherng-En,
Emperor Chorng-Jen's eunuch servant hang himself as
well by the tree next to Emperior Chorng-Jen right after he
figured Emperor Chorng-Jen was dead. As we can see now
after that people built a monument to state this historical
event.

Hamlate：　Hey, Goodness, I just got a headache,my eyes start to
dazzling…

Goodness：What happened? Are you all right? Want to get some
medicine?

Hamlate：　No, I think I am OK. Probably, the tour guide's speaker
is getting so harsh that makes my brain just drive crazy.

Goodness：Come, Hamlate, let's get away from the crowd!

Hamlate：　Yeah, you're right!

（Hamlate 與 Goodness 移到下舞台）

Goodness：Want to get a drink?（傳飲料給 Hamlate）

Hamlate：　Great! My Goodness, there is an image just keep flashing in my brain that you and I was hung just a couple of minutes ago!

Goodness：Are you kidding? Maybe you think too much about being to this place and history about it.

Hamlate：　I mean do you believe the concept of "re-carnation"?

Goodness：Hey, man, I never thought of this.

Hamlate：　It seems I have been here before…there is an image just keep flashing on the top of my head, and I can not get over this.

Goodness：Well, I think there is no need of keeping digging this issue. See, we got a 3-day trip here, and we gonna to have fun here, right? We even not talking to any Chinese girl alone yet! And not try the restaurant President Clinton has enjoyed and not drink the wine President Nixon has already had it. Man，we are supposed to enjoy everything in China right? But you sound like you're suffering here!

Hamlate：　Yeah, you are right! I am cursed and my destiny is supposed to be suffered in Beijing.（手機鈴聲響起）Hello! Hamlate speaking, May I ask who is calling? Oh, Margaret! Hi, how are you doing? How is everything? My brother Craftman is looking for me? Ok, I see. Too bad he is getting very ill…Well, does he go to see the doctor…Ok, I see…By the way, where are you right now? New York Office? Good! I'll see you soon!

Hamlate：Goodness, we got to fly back to New York now!

Goodness：Why? I thought we gonna stay here for a couple of days just for relaxing. What happened!

Hamlate：My brother is dying.

Goodness：Shit! What 's wrong with him? Car accident?

Hamlate：No! Just an incurable disease…Well, I will have to see him immediately anyway.

Goodness：My goodness, you just destroy my vacation.

Hamlate：Goodness, I am not expected this, you know, somehow it just happened!

Goodness：I assume the person whom you are just speaking with is Margaret，Craftman's unveiled mistress。

Hamlate：You can not make this assumption without any evidence to support your point.

Goodness：Hamlate, tell you the truth，everybody in New York office know it already. I believe you are the last one to know because you just care about your PhD study in Harvard. You never take your family business very seriously. I am sorry, I must be honest with you. To be honest, I wish you could be the next CEO of this company, and I will be Mr. Vice President.

Hamlate：I don't blame you, but I am not interested in the discussion of such uncertified gossip, or the issue do I care about my family and business. I want to tell you right now I am not interested in about who is going to take my bother's position.

Goodness：It should be you cause you are Craftman's only brother in Nicholas Family.

Hamlate：I am not interested in taking his position because I don't want to lose the freedom of being myself. Tons of meeting and email just make me mad.

Goodness：Good for you though. That is why you study in Harvard, right?

Hamlate：No, I don't want to make my golf membership useless…No, certainly don't want to! I don't want to be in that destiny.

Goodness：What destiny?


（舞台一角呈現年輕的崇禎與妃子們遊樂的情景，由另一組演員演出）


Hamlate：My last life! My last life was hung here, can't you see that? I recognize the palace in which I have lived before. The pavilion where I have been hanging around with my combupan. All these eventually were destroyed by Li Tzyh-Cherng, a yellow demon coming form Northwest China.

Goodness：Hamlate, I think you have read too much religious books. Look，we are standing on the 20<sup>th</sup> century's ground and no body is going to hang us. What the hell of Li

Tzyh-Cherng ？ He is dead！ He has dead for almost 4 hundred years。

（飾演李自成的演員出現觀眾席中，飾演年輕的崇禎與妃子遊樂的這組演員一見到飾演李自成的演員嚇得立刻逃出舞台，並與舞台上的觀光客發生衝撞，觀光客生氣地大罵）

李自成：本王有令獻崇禎皇帝老爺者賞萬金！本王有令獻崇禎皇帝老爺者賞萬金！

Hamlate： He is coming! Goodness! He is coming to get me.

Goodness：Who？

Hamlate： The demon! The demon is always staying in my childhood memory. He is coming now!（Hamlate 下）

Goodness：Hamlate! My goodness, he is getting mad! What demon in a future CEO's mind？ What he is feared for？ Feared for losing business or feared for people deciving him？ Feared for Li Tzyh-Cherng come to alive？ There is no Li Tzyh-Cherng in the U。S market？ Ming Dynasty Software Company is hard to find a rival on the market now？ What Hamlate is feared for？？？ Hamlate！（Goodness 下）

（美國觀光客，導遊，翻譯人員下）

（NYVC 記者 Sara Smith 上，有一個攝影小組在對她做現場轉播錄影，攝影機架在一個可以活動調整高度的軌道上，在她身後有許多遊客牽自行車走過）

Sara Smith：Craftman Nicholas, CEO of Ming Dynasty Software Company, died in NYU Hospital this morning. According to anonymous MDSC employee, it is not quite clear now who is going to take Craftman's position. An anonymous MDSC major shareholder says that it could be Hamlate Nicholas, Craftman's only brother in Nicholas family, who is more likely to head MDSC in the following months. However, Hamlate does not have any experience regarding manging such a huge software enterprise. Hamlate is doing his PhD degree in Harvard University and never involve in the operation of MDSC, although he is also a board member of MDSC. Still, since Nicholas family holds over 80% of MDSC shares, it is believed Hamlate will be elected MDSC's CEO by the majority of MDSC board members. In the meantime, we are trying to contact Hamlate's assistant in Beijang to confirm this information. According to Hamlate's assistant, Goodness Serveman, Hamlate will not see any press until he come back to New York office because he does not want the press to interrupt his summer vacation in Beijang. NYVC News, Sara Smith, Beijang.

（Sara Smith 下）

（攝影小組調整攝影機位置和角度繼續拍攝，飾演李自成的演員從觀眾席中慢慢走上舞台，李岩，宋獻策，劉宗敏，陳圓圓上。註：在這一景之中，李自成，劉宗敏等武將的服裝要特別注意，建議服裝上要營造重金屬的視覺效果來呈現此時闖軍兵鋒銳利的氣氛，也可以說李自成，劉宗敏等武將此時是穿著厚重的盔甲以勝利者的姿態進入明皇宮大殿。）

劉宗敏：大哥，俺給您報告一個好消息，咱這幾天在這京師助餉一共搞了二千多萬兩阿！大哥，這下您可高興了吧！

李自成：放屁！咱是來當皇帝的，還是來做強盜的？這幾天你和劉芳亮為了助餉殺了多少人，你自己心裡有數！

劉宗敏：大哥，這上百萬的大軍吃喝拉撒都要錢，咱不想辦法去弄錢，這兄弟們吃什麼？這些在大明朝做官的都不是吃素的，就說那個內閣大學士魏德藻俺不用刑，他怎麼會把藏在地窖裡的一萬兩白銀交出來呢？我說咱大哥，你對這些在大明朝做官的還不夠了解嗎？當年在米脂縣衙，過不給縣老爺送上一百兩白花花的銀子，大哥，您那出了那米脂縣衙的大門？

李　岩：大王，大順軍為了助餉如此殺戮，只怕會讓京城百姓人心盡失。我軍目前北有山海關的吳三桂，關外還有滿州韃子。如果此時京城人心浮動做了吳三桂或是韃子的內應，那就不好辦了。

146

李自成：吳三桂好辦，他老子吳襄在咱的手上，孤已經請吳襄修書一封招降吳三桂，吳三桂這二天已經差人回應願意歸順我大順朝。至於這滿州韃子？一個陌生的敵人，套一句孤常愛講的話，這桌麻將咱還沒跟這皇太極上桌摸過，皇太極會打什麼牌，孤這就真的不清楚了。再說呢，這百萬大軍全都聚在京城這個方圓不到百里的地方一定會出亂子的，咱這些鄉巴佬士兵一旦進了花花世界的京城，還有誰肯走呢？再這樣下去，咱大順軍到了野地還能打仗嗎？不行！咱的隊伍要趕緊散開避免被韃子突襲包圍在一個點上，咱要散開成為一個面才行！唉！咱當初光想著進京當皇帝，兄弟們也圖著這京城的花花綠綠。事情沒有像咱想的那麼簡單，不是進京登個基祭拜天地就完事了。反倒是這事兒可大著呢！這樣吧！老二，你先領三十萬兵馬去山海關叮住吳三桂順便探一探韃子的動靜。

（劉宗敏與陳圓圓正在親熱。）

陳圓圓：噯呀，拿開，你的手好髒阿！

劉宗敏：髒，你喜歡它就不髒了。

李自成：老二！你他媽的到底去不去！

劉宗敏：大家都是一起出來做賊的，憑什麼只要咱去！要去，咱兄弟一起去，叫過，雙喜，還有劉芳亮一起去！

宋獻策：大王，宋某昨夜夜觀星象，大王這一遭還是不要去的好，以星座和命格來看，還是由制將軍劉芳亮去最適合。

李自成：不！既然是天命，孤李自成知天命。孤往後退一步，百萬之眾還有誰敢向前一步呢？

李　　岩：大王？

李自成：李秀才，讀聖賢書所為何事？

李　　岩：橫渠先生云：為天地立心，為生民立命，為往聖繼絕學，
　　　　　為萬世開太平。

李自成：老二，你聽到了吧！（劉宗敏不理會李自成繼續與陳圓圓
　　　　　親熱）

陳圓圓：噯呀，你溫柔一點行不行！你這個打鐵的臭漢子！

李自成：呦！圓圓阿，跟俺叫起吱來了，俺就喜歡你叫吱這股勁兒！

李自成：老二你他媽的你永遠不會懂的！就算孤李自成做不到，孤
　　　　　相信孤的子子孫孫也會做得到的。為天地立心，為生民立
　　　　　命，為往聖繼絕學，為萬世開太平。孤相信他們做的到，
　　　　　一定做的到！！！

（場記上）

場　　記：Cut！崇禎王朝正式結束！（語畢所有演員站上舞台謝幕）

**全劇終**

美學藝術類　PH0029

# 崇禎王朝（3D 劇場版）

作　　者 / 魯文龍
責任編輯 / 蔡曉雯
圖文排版 / 陳湘陵
封面設計 / 蕭玉蘋

發 行 人 / 宋政坤
法律顧問 / 毛國樑　律師
印製出版 / 秀威資訊科技股份有限公司
　　　　　114 台北市內湖區瑞光路 76 巷 65 號 1 樓
　　　　　電話：+886-2-2796-3638　傳真：+886-2-2796-1377
　　　　　http://www.showwe.com.tw
劃撥帳號　19563868　戶名：秀威資訊科技股份有限公司
　　　　　讀者服務信箱：service@showwe.com.tw
展售門市 / 國家書店（松江門市）
　　　　　104 台北市中山區松江路 209 號 1 樓
　　　　　電話：+886-2-2518-0207　傳真：+886-2-2518-0778
網路訂購 / 秀威網路書店：http://www.bodbooks.tw
　　　　　國家網路書店：http://www.govbooks.com.tw
圖書經銷 / 紅螞蟻圖書有限公司
　　　　　114 台北市內湖區舊宗路二段 121 巷 28、32 號 4 樓
　　　　　電話：+886-2-2795-3656　傳真：+886-2-2795-4100

2010 年 11 月 BOD 一版
定價：200 元

國家圖書館出版品預行編目

崇禎王朝 / 魯文龍著.-- 一版. -- 臺北市：秀威
資訊科技, 2010.11
　　面；　　公分. -- (美學藝術類 ; PH0029)
3D 劇場版
BOD 版
ISBN 978-986-221-638-5(平裝)

854.6                                        99019650

# 讀者回函卡

感謝您購買本書,為提升服務品質,請填妥以下資料,將讀者回函卡直接寄回或傳真本公司,收到您的寶貴意見後,我們會收藏記錄及檢討,謝謝!
如您需要了解本公司最新出版書目、購書優惠或企劃活動,歡迎您上網查詢或下載相關資料:http:// www.showwe.com.tw

您購買的書名:＿＿＿＿＿＿＿＿＿＿＿＿＿＿＿＿＿＿＿＿＿＿

出生日期:＿＿＿＿＿年＿＿＿＿＿月＿＿＿＿＿日

學歷:□高中 (含) 以下　　□大專　　□研究所 (含) 以上

職業:□製造業　□金融業　□資訊業　□軍警　□傳播業　□自由業
　　　□服務業　□公務員　□教職　　□學生　□家管　　□其它＿＿＿

購書地點:□網路書店　□實體書店　□書展　□郵購　□贈閱　□其他

您從何得知本書的消息?

　□網路書店　□實體書店　□網路搜尋　□電子報　□書訊　□雜誌

　□傳播媒體　□親友推薦　□網站推薦　□部落格　□其他＿＿＿＿＿＿

您對本書的評價:(請填代號　1.非常滿意　2.滿意　3.尚可　4.再改進)

　封面設計＿＿＿　版面編排＿＿＿　內容＿＿＿　文/譯筆＿＿＿　價格＿＿＿

讀完書後您覺得:

　□很有收穫　□有收穫　□收穫不多　□沒收穫

對我們的建議:＿＿＿＿＿＿＿＿＿＿＿＿＿＿＿＿＿＿＿＿＿＿

11466
台北市內湖區瑞光路 76 巷 65 號 1 樓
**秀威資訊科技股份有限公司** 收
BOD 數位出版事業部

..................................................................................................

（請沿線對折寄回，謝謝！）

姓　　名：＿＿＿＿＿＿＿＿＿　年齡：＿＿＿＿　性別：□女　□男

郵遞區號：□□□□□

地　　址：＿＿＿＿＿＿＿＿＿＿＿＿＿＿＿＿＿＿＿＿＿＿＿

聯絡電話：(日) ＿＿＿＿＿＿＿＿＿　(夜) ＿＿＿＿＿＿＿＿＿

E-mail：＿＿＿＿＿＿＿＿＿＿＿＿＿＿＿＿＿＿＿＿＿＿＿